集英社文庫

ツチケンモモコラーゲン

さくらももこ
土屋賢二

JN266491

もくじ

装画　さくらももこ
うんのさしみ
装丁　祖父江　慎
＋吉岡秀典
（コズフィッシュ）

ツチケン

モモコラーゲン

KENJI TSUCHIYA AND MOMOKO SAKURA

この本を出すにあたり

*

TSUCHIKEN MOMOKOLLAGEN

ツチヤ　さくらさんは離婚なさって、本当によかったってみんなの評判ですが（笑）。

ももこ　そうですか。そりゃ評判通りです（笑）。離婚して本当によかったというのは自分でも思ってますし、こんなふうによかったと思えるのも、いっぺん結婚して、そんで離婚するはめにならなけりゃ味わえない幸福感ですから、一周回って貴重な体験をしたなと、最近じゃ離婚したことをありがたく思ってるほどです（笑）。

ツチヤ　そんなにいいもんなんですか。なんかうらやましくなってきた。

ももこ　もし離婚をしたいと思っていらっしゃるなら、貴重な体験と変な幸福感を味わえるチャンスが到来しているといえますよ。

ツチヤ　そうですよね。既婚者はみんなさくらさんみたいに幸福になるチャンスがあるんだ。僕にもすごいチャンスがあるんですね。

ももこ　でも、ツチヤ先生、きっと離婚はしないでしょうね。奥さんのことをひどい妻だとかいろいろな本に書いてますけど、本当はいい奥さんなんでしょうねぇ。

ツチヤ　いえ、あれでも美化して書いているほうです。

ももこ　ほんとに⁉

ツチヤ　ええ。実の母親が僕の本を読んで「よく書いてくれた」と言うほどです。妻も僕の本を読みますが、反省の色が全くありません。反省しない点ではさくらさんみたいです。

ももこ　本当にあんなひどい妻だったら、ツチヤ先生がかわいそうじゃないですか。

ツチヤ　だからかわいそうなんです。さくらさん、どうやって離婚したんですか。

離婚の秘訣《ひけつ》みたいなものはありますか。

ももこ　真剣に知りたいのなら、詳しく教えますけど、とりあえず貯金通帳とか、どうしてます？

ツチヤ　どこにあるのかも知りません。暗証番号も知らないし、どこの銀行かも知らない。貯金があるのかどうかも不明です。

ももこ　全然ダメじゃないですか。とんだマヌケとしか言いようがないですよ。じゃ、今すぐ自分の通帳をひとつ作って、出版社にこれから出す本の印税と、今後の重版の印税を新しい通帳に振り込むように命令してください。もう人生そこから出発するしかないでしょう。

ツチヤ　そうですか。大丈夫でしょうか。印税といっても少ないんですけど。

ももこ　先生の本が売れるために私も協力しますよ。この本が売れれば、先生の今まで出した本もつられて売れるでしょう。

ツチヤ　そうですかねぇ。

ももこ　そうですとも。

ツチヤ　こういう対談をやっていてよく自信がもてますね。でも僕の幸福のためにもこの本をどうしてもたくさん売ってもらわないと…。

ももこ　まかせてください。私、がんばりますから。先生はこうやっておいしいものを食べて適当に話をしてくれてりゃいいんです。

ツチヤ　えっ、それだけでいいんですか。

ももこ　ええ。たまには集英社の人達に頼んで、熱海《あたみ》かどっかの温泉にみんなで行って喋《しゃべ》ったりしましょう。

ツチヤ　楽しそうですね。そんなことで、売れる本ができるなんて考えられないなァ。

ももこ　編集とアレンジは私にまかせてください。どんなにとりとめのない話でも、バシッと面白くまとめてみせますから。

ツチヤ　たのもしいなァ。おいしいものを食べたり温泉に行ったりするだけでたくさんもうかるなんて、こんなぼろい商売、今までいっぱい夢見てきたけど、まさか実際にあるなんて想像もつきませんでした。

ももこ　いよいよそのときが来たといえますね。ぼろい商売でもうかる夢を見続けてきてよかったですね。

ツチヤ　信じられません。なんだかコワイ…。こんないい目にあったら、今にバチがあたるんじゃないかと思って。

ももこ　せっかく景気のいい話をしてるのにそんな景気の悪いことを言わないでください。こうなりゃ家のリフォームぐらいは考えておいたほうがいいですよ。

ツチヤ　そういえばそろそろ壁紙を貼り替えないといけないんです…ちょっと待った。離婚しようとしているのに家のリフォームなんかしている場合じゃないでしょう。

ももこ　ああそうだった（笑）。じゃあ、マンションでも買えば？　お茶大の近くに。

ツチヤ　そんな先走ったことをしたら、５年後にはローンだけ抱えて僕だけ苦しんでいるに決まってます。今まで理不尽なことがありすぎたためか、そういうふうにしか考えられない。

ももこ　まだローンも抱えてないうちから、何をくよくよしてるんですか。だいたいねぇ、もしもこの本がたくさん売れたら、そのほうが理不尽なんですよ。

ツチヤ　そうですよねぇ、こんな安易な企画で、僕が楽になるわけですから。

ももこ　そしたら、いつも通りの理不尽なことが起こるだけなんですから、心配しないでああやっぱり今回も理不尽だったたって、笑ってマンションのひとつも買えばいいじゃないですか。

ツチヤ　そうか！　たくさん売れても理不尽だと思っていれば問題ないんだ。マンションを買おうが靴下を買おうが問題ないんだ。ただ、学生達から非難されるかもしれませんね。あんなぼろい商売して、調子にのってマンションまで買ったって…。

ももこ　いいじゃないですか。そんなもん、今まで軽んじていた生徒達に言ってやりゃいいんですよ。おれはなァ、お茶大だかどこだか知らねぇけど、そんなくだらねぇところの教師でおさまる気はねぇんだ、って。

ツチヤ　そうですよね。言ってやればいいんですよね。くやしかったら、これだけ安易に稼《かせ》いでみろって。

ももこ　ええ、言ってやってください。さくらさんの名前も出して。さくらももこなんて、ああやって調子こいてろくでもない商売しているような奴の、おれはこれから仲間になるんだって。

ツチヤ　あいつに金稼がせてもらうんだ。人のしり馬に乗って稼ぐんだぜとか言って。

ももこ　そうそう。おれが人のしり馬に乗って稼ぐ姿を見ろ、どうだ立派だろうって、このくらい堂々と言ってやりゃみんなおとなしくなりますよ。

ツチヤ　なんか、希望がでてきたなァ…。勘違いしているような気もするけど。

ももこ　なんだかツチヤ先生が初めてうらやましく思えてきたよ。先生、この本を書くの、やっぱり少し手伝ってくれませんか。

ツチヤ　…え、手伝った分、売れ行きが減るような気がするんですけど、じゃあ少しだけ。

ももこ　ああよかった。これでもしもツチヤ先生にバチがあたった場合でも、ちょっと軽いバチで済むかもしれませんね。

ツチヤ　ほーら、やっぱりバチがあたるんだ。

ももこ　この本が出るときには、広告を新聞の4段ブチ抜きぐらいはやってもらいましょう。

ツチヤ　やってくれるでしょうか。

ももこ　やってくれるでしょう、知らないけど。でも、私もそのときはがんばって、売り文句を考えますよ。こんな面白い本、見たこともきいたこともないっていうような。

ツチヤ　そうですよね。僕の本より百倍面白く、さくらさんの本の十分の一面白いんだから。

ももこ　だめじゃないですか。

KENJI TSUCHIYA AND MOMOKO SAKURA

恋愛・結婚について

*

TSUCHIKEN MOMOKOLLAGEN

ツチヤ　もう一度結婚したいと思ってらっしゃいますか。

ももこ　もう失敗したくないですから、すごく慎重に考えると思いますけど、そのうえで結婚したほうがとても幸せだと思えれば結婚したいと思ってます。

ツチヤ　快適さを非常に大切にしていらっしゃいますからね。その快適さを犠牲にしなきゃいけないとしたら…。

ももこ　嫌ですよね。こんな私の快適さを一緒に「快適だ」と思ってくれる人でないと、やってられなくなると思います。非常に相性が重要だと思うんですよ。

ツチヤ　でも、相性の合わない男に、つい夢中になるとか、変な男にひっかかって愛におぼれるということはないんですか。

ももこ　愛におぼれるって、何、性欲的なことですか（笑）。

ツチヤ　いろいろです。僕の知らないいろいろなことです（笑）。

ももこ　変な男の愛におぼれるなんてこと、絶対にないと言えますね。

ツチヤ　変じゃない男でも？　わからないですよ。

ももこ　自分が一方的におぼれるほどバカなことはないということは、数少ない学習の中で既に卒業していますから。まちがってドブの中でおぼれたりね（笑）。

ツチヤ　井戸に落ちたり（笑）。

ももこ　そういうことはもうないと言い切れます。

ツチヤ　じゃ、例えばディカプリオみたいなイイ男だったらおぼれますか。

ももこ　ブラピとか。

ツチヤ　ブラピのほうが好みなんですね。

ももこ　ええ、外国人の中ではアレはイイほうですね。でも、いくらブラピだからって、合格点は外見だけですからねぇ。ブラピが私の趣味や性格や生活スタイルまで含めて理解し合えるとは思えませんし、まして精神面での理解までってなってくるともう、ブラピがどうのこうのって言ってられませんよ。ブラピがどうしても私に都合を合わせるから頼むからつきあってほしいって泣いて頼むんなら少しは話に乗ってあげますけど。日本語でね（笑）。

ツチヤ　ホント？　ふーん。じゃあ、ビートたけしさんとか桑田佳祐さんだったら？

ももこ　弱いとこ突いてきますね。

ツチヤ　いよいよおぼれる可能性がありますね。健康どころじゃなくなったりして。

ももこ　それが嫌なんです。男で健康を損ねるというのが（笑）。

ツチヤ　健康を損《そこ》ねたうえに、原稿も手につかなくなるでしょうね。

ももこ　いや、原稿は大丈夫なんです。恋愛に限らず、どんな辛《つら》いときにも原稿は書くんですよ、ホント悔しいんですけど。やんなっちゃう。

ツチヤ　でもわかんないですよ。原稿も家族も財産も投げ打つことにならないとは言えません。僕なんか、恋愛に関係なく、仕事を投げ打ちたいぐらいです。少なくともおぼれる可能性はあるということですね。

ももこ　たけしと桑田の出現で、ないとは言い切れなくなってしまいましたね。ブラピなら大丈夫だったのに（笑）。でも、新しい恋愛をするんだったら、なんの問題もないのがいいっていうことはとても大切に考えていることなんです。今、私には家族がいてスタッフがいて仕事も楽しくやってて、充実しているんですよ。それを壊すような困った恋愛はしたくないんです。やたらとおぼれるとか（笑）。

ツチヤ　でも、恋愛とかいうのは、プラスになるとかマイナスになるからといって計算でコントロールできるものじゃないでしょう。

ももこ　プラスやマイナスでコントロールするというよりも、もっとよく相手と自分のことを考えるということがコントロールだと思うんです。恋すると、ワーッと熱が上がって後先のこと考えず進む人がいるでしょう。そうするとおぼれたりするんですよね。おちついていろいろお互いのことを考えるとコントロールがきくと思うんですけど。

ツチヤ　学習に補強を重ねてますね。

ももこ　ドブの水も飲めば妙薬ってとこですかね。ひょっとして、ツチヤ先生はコントロールがきかないんですか。

ツチヤ　えっ…わかんないけど…でもコントロールできない状況になってみたい気もする…。

ももこ　女子大生に何人おぼれたか!!

ツチヤ　いや、女子大生にはおぼれないですよ。面倒なことになるのが嫌だから。

ももこ　でしょうね。

ツチヤ　それに女子大だと、すごく嫌らしい気がするんですよ、商品に手を出すみたいな。
ももこ　なるほど。
ツチヤ　親に、結局泥棒に金庫番させてたのかと思われるのも嫌だし。
ももこ　（大爆笑）。
ツチヤ　だってそう見られるでしょ。
ももこ　簡単でしょうからね、ホントに。
ツチヤ　いや、幸いなことに簡単じゃないんです。つくづくモテなくてよかったなと思ってるんですけど。
ももこ　ツチヤ先生はどういう女性がタイプですか。
ツチヤ　僕はさくらさんみたいな人がいいですね。
ももこ　うまいこと言いますねぇ。いいですか、本当に?
ツチヤ　本当です。僕は、80パーセントぐらいの女性がストライクゾーンなんです。

ももこ　ゆるいな（笑）。その80パーセントに入らない20パーセントの女とはどういうもんかをききたいですね。

ツチヤ　例えばユーモアがわからないとか、自分のことしか考えないとか…あれっ、妻の性格を挙げてるなァ。そういう女は、たとえ美人でも嫌です。美人じゃなくても嫌です。

ももこ　それは嫌でしょうねぇ。

ツチヤ　そういう女におぼれることはないと言えます。無人島にその女と二人きりにならないかぎり。

ももこ　それだったらまだ私におぼれたほうがましですね。80パーセントの中に入っていますし。ドブ臭いかもしれませんが、それも薬ってことで。

ツチヤ　そうですよ。ドブ臭いって言っても、ドブじゃなくて人間なんだから。だからさくらさんがいいって言ったじゃないですか。

ももこ　それなら離婚してから申し込んでください。私も面倒なことになるのはごめんですから。
ツチヤ　それと、僕、情けない感じだからそれも直したほうがいいんでしょうか。
ももこ　そうですね。自分でそう思ってるんなら、それも直してください。離婚して、情けなくない感じになったあかつきには、ぜひ申し込んでみてください。
ツチヤ　でも、そうして申し込んでも断られる可能性はあるんですよね？
ももこ　ええ。申し込む資格だけですから。
ツチヤ　それじゃ断られたら立派な男になったのがムダになるじゃないですか。
ももこ　そんなことないですよ。離婚もできて、情けなくもない立派な男として十分やり直しがききますよ。
ツチヤ　…そうかなァ。
ももこ　成功する可能性だって、あるかもしれないじゃないですか。

ツチヤ　合格したら、全部仕事をやめて毎日遊んで暮らしてていいんですか?

ももこ　そういうところが早速情けないんですよ。申し込む資格はまだまだないっていう感じですね。しっかりしてください。

ツチヤ　しっかりするには相当時間がかかります。20年は待ってもらわないと。ところで、お父さんのヒロシさんは恋愛結婚なんですか。

ももこ　ええ。恋愛ですね。

ツチヤ　なんか想像できないですね。

ももこ　そうですよね。

ツチヤ　ああいうこだわりのない人が恋愛するなんてね。それにあんまり話上手じゃなさそうですしね。

ももこ　うん。私もあんまり詳しくは知らないんですけど、最初はグループ交際だったらしいですよ。

ツチヤ　合コン?

ももこ　に近いんじゃないんですか。今の感じで言えば。でも当時はヒロシも少しはね、もしかしたらこう「ちょっとバイク乗るか」みたいなことを母に言ったのかもしれませんけどね。わかんないですけど、そのくらい言ったんじゃないんですかね。「乗せてやるから乗らせろ」みたいな（爆笑）。わかんないですよ、親の恋愛の詳細ってあんまり。詳しく話してくれないだろうし、別に詳しくききたくもないし。でも、たぶん適当につるんで遊んでいるうちにっていうことじゃないんですかねぇ。

ツチヤ　バイクで釣ったということでしょうかねぇ。

ももこ　きっとね。

ツチヤ　でも、ヒロシさんみたいなタイプは結婚相手にいいんじゃないですか。

ももこ　うん、悪くはないと思うんですよ。でも、母に言わせるとヒロシと結婚してよかったことは、気楽だったということだけだって。それであとは全部ダメだって（笑）。

ツチヤ　ほとんどの男はなんのとりえもないんだから、一つでもいいところがあれば立派ですよ。でも気楽以外は全部ダメなんですか。

ももこ　それはそう言えますね。私もそれはわかっているんです。ヒロシは気楽だということ以外に長所が特にないんです（笑）。

ツチヤ　娘にまで気楽にそんなことを言われて、いいんでしょうか、ヒロシさんは。

ももこ　いいんですよ。だって私は、そのヒロシの唯一の長所である気楽だということが結婚するうえでいかに大切かということをよくわかってるんですから。

ツチヤ　へー。気楽って、そんなに大切なことなんですか。

ももこ　ええ。だって、気楽だという長所しかないヒロシと、母は離婚していませんもん。気楽だということだけで他が全部ダメでも、離婚に至らないというのは、結婚生活のうえでいかに気楽なのが大切かということを物語っているいると思うんですよ。

ツチヤ　なるほどね。気楽だとなかなか別れるまでにはならないんですね。怖くて別れられないこともあるけど…。

ももこ　だから私は気楽さの面から見た場合、ヒロシ度の高い人がいいんです。最悪でも現状のヒロシがいいですね。

ツチヤ　現状のヒロシでもいいんですか。

ももこ　最悪でもね。私も、ヒロシだったら離婚しなかったと思うんです。何回かは離婚を考えることもあるかもしれないけど、本当に離婚に至ることはないと思うんですよね。それでこのまえ母に「私は最悪でもおとうさんみたいな人がいい。お母さんはよかったね」と言ったら、それをヒロシがきいていて「結局オレかよ。うちの女はみんなそうなんだよな」って、得意になっているんですよ。

ツチヤ　最悪でもというところを忘れていますよね。

ももこ　そうなんです（笑）。最悪なヒロシが、気楽点だけで60点でぎりぎり合格だとしたら、それよりもっと追加点がいっぱいほしいところですね。

ツチヤ　80点ぐらいですか。

ももこ　やだもっと。98点ぐらい。

ツチヤ　98点も!!

ももこ　せっかく離婚したんですから大きくでてもいいでしょう（笑）。

ツチヤ　離婚したからって、そんなに大きくでてもいいのかなァ。マイナスの2点はどういう欠点なんですか、その場合。

ももこ　顔がブラピみたいだったりして、私にはつり合わないようなハンサムだからマイナス2点とか。

ツチヤ　都合のよいマイナス2点ですねぇ。

ももこ　いいじゃないですか。もう、言いたいこと言わせてください。このさい（笑）。

MOMOKO SAKURA

ツチヤ先生が
うちに来た!!

*

TSUCHIKEN MOMOKOLLAGEN

ツチヤ先生がこの本の打ち合わせも兼ねて、私の仕事場に遊びに来ることになった。

そのついでに、自宅にも寄ってうちの家族にごあいさつをしたいなどという丁寧なことをツチヤ先生がおっしゃってくれたので、私は家族に「今度、うちにツチヤ先生が来るよ」という報告をした。

すると母は「ええっ、あのツチヤ先生がうちに来るなんて、どうしたらいいんだね」と言って非常にうろたえた。母はツチヤ先生が東大出のお茶大の教授だということを知っているため、そんなに立派な先生の前にどのツラ下げて会えばいいのか困惑してうろたえた。

一方ヒロシは、ツチヤ先生の本どころか私の本も読んでいないという有様なので、当然ツチヤ先生に関する知識は何もなかった。なので母に「ツチヤ先生って、何の先生だ?」と尋ねたとたんに母から「お茶の水女子大の先生だよっ。東大出てる偉い博士なんだよ」と教え込まれた。

ヒロシは「ええっ、お茶の水博士が一体何の用事でうちに来るんだ?」と言って呆然《ぼうぜん》としていた。私は「…お茶の水博士っていうか」と思ったりもしたが、まぁいいやと思い直し、「そんなにあわてなくても大丈夫だよ。ツチヤ先生って、教授だけどラフでやさしい先生だから、いつもの通りにしててくれればいいから」と言ったのだが、ヒロシも母も少し深刻になっていた。

その日から一週間余り、母は「ツチヤ先生に会うのに、こんなにデブでどうしよう」等とオロオロし続けたが体重は全く減らなかった。

ヒロシはヒロシで、犬を抱いたとたんに犬が暴れたために下に落としてしまい、犬の足を骨折させてしまった。

それで家中が大騒動になり、ヒロシは皆から叱《しか》られ、犬はギプスをはめ、母は急な腰痛に襲われ、家族はガタガタの状態になった。

そんなところへ、ツチヤ先生はやって来た。先生が玄関を開けたとたん、ギプスをはめた犬が辛そうに顔を出し、母は腰痛で腰が曲げられないままヨタヨタと「…すいません、ごあいさつをしなければならないのに頭が下げられなくて…」とひきつり笑いで登場し、ヒロシは母の後方からやるせない感じでニヤニヤしたまま黙っており、息子はいきなり「オレ、小学校一年生になったけど、勉強は嫌いでジャングルジムが一番好きなんだ」と大声で叫んだ。

こんなとんでもない状態の家族を目の前にしたツチヤ先生は笑いを必死でこらえ、どうにか吹き出さずにあいさつを済ませ、母の要望に応えて本にサインを書いてくださり、両親の大好物のとらやの羊かんまでお土産《みやげ》にくださった。

自宅を出たあと、私はツチヤ先生に「…すいません。あんなメチャクチャな状況だったので、あわただしくて…」と謝ると、先生は「いえ、まさしく『ちびまる子ちゃん』の家っていう感じがしました。笑っちゃアレですが、お母さんの腰痛に加えて犬までわざわざ骨折してギプスをはめてるなんて」と言って笑った。つられて私も大笑いした。

次の日、母は「ツチヤ先生って、本当にやさしくていい先生だねぇ。あたしゃ、東大出の大学教授からとらやの羊かんをもらうことが人生の中であるなんて、昨日まで夢にも思ったことなかったよ」と言った。そして続けて「この羊かんは、客が来ても出さないで、みんなで大事に食べるんだよ」と言い、それをきいたヒロシが「お茶の水博士がくれたとらやだからな」と言った。

KENJI TSUCHIYA

さくらさんの家に行った

*

TSUCHIKEN MOMOKOLLAGEN

さくらさんのお宅にお邪魔することになったとき、胸が高鳴るのをおさえることができなかった。さくらさんのご家族に会うなんて、想像もしなかった。サザエさんの家に行くようなものだ。こんなにドキドキするのは、数年前、「精密検査を受けてください」と医者に言われたとき以来だ。

神経が興奮したため、なかなか寝つかれず、お邪魔する当日は、いくら努力しても、会議のあいだ中、一睡もできなかった。

お宅に伺うと、大変な事態が起こっていた。柴犬のフジが足を骨折した上に、お母さんが腰を痛めていたのだ。

わたしの実家も商人の家だったが、商人の家は普段、商売に追われていて、来客を迎える態勢とはほど遠い状態である。来客があるというだけで、家庭の平和は乱れて戦争状態になるものだ。わたしの家では、来客があると直前まで大騒動になるのが常だった。父は決まって母に怒鳴ったものだ。

「ぐずぐずしないで早くそのへんを片づけろ」

「ちょっと待ってよ、まだ化粧が終わってないんだよ。服も着替えなきゃいけないし」

「化粧なんかいい加減でいいだろう」

「これでもいい加減にやってるんだから」

「おれが起こしたとき、すぐ起きてりゃこんなことにならなかったんだ。さっさとしろ」

「そんなにせかしたら、よけい遅くなっちゃうじゃないの。部屋はあなた片づけてよ」

「おれは今ごはんを作っているんじゃないか。おれもまだ寝巻きだし。おーい、賢二っ、いつまで寝てるんだ。早く起きろ。外の自転車を片づけて玄関を掃除しろっ」

「寒い…」

「この根性なしがっ。たたき出すぞ」

このように、来客が来る直前まで怒号が飛びかうのがきまりだった（これを見ても、わたしの家が上品な中にも活気があり、あわてふためく家族の中でわたし一人が冷静な態度を貫いていたことがわかるであろう）。

何もなくてもこれだけの騒動が起こってもおかしくない。まして故障者が出たりしたら、わたしの家だったらどんなに大騒ぎになっていたかしれない。さくらさんの家は今は商売をやめておられるから、どういう状況だったのか知らないが、玄関にご家族が全員出て来られた姿を見ると、全体としてとまどっている様子だった。

無理もない話だ。犬が交通事故でもないのに骨折することはめったにあることではない。お母さんもわたしが訪れる直前まで腰に異常はなかったらしい。

こういう不運が重なって起こる確率はきわめて小さい。そこへ土屋という名前の哲学をやっている者が訪れるのは、ほとんどありえないことだ。その土屋の顔がブラッド・ピットそっくりだったら、絶対にありえなかったところだ。わたしがブラッド・ピットそっくりでなくてよかった。

ご家族の中で一番とまどっていたのは、お父さん（以下、「ヒロシ氏」と書かせていただく）だった。玄関に出てきたヒロシ氏は、あいまいな笑みを浮かべてぼんやり立っていた。はっきり状況がのみこめていない様子だ。お母さんが「お茶の水の先生なんだよ。エラい人なんだよ」と言っても、あいまいな笑顔のままだ。どう見てもエラいように見えないので警戒しているのか、下手《へた》に歓迎すると何かを売りつけられるのではないかと恐れているのだろう。

しかし、他のご家族には、あいまいなところはなかった。柴犬のフジは、これまで見たこともないほどかわいい犬だ。玄関に置かれた金属のサークルの中で、後ろ足にはギプスをつけ、頭はプラスチックのメガホン状のものの中に埋まった姿で、尻尾《しっぽ》を振って「ワン」と歓迎の気持ちを元気よく示した。わたしを新しく雇われた美人の飼育係だと思ったのか、美人の柴犬だと思ったのか、どちらかだろう。

息子さんも元気いっぱいだった。小学校に入学したばかりだという。わたしは質問した。

「学校好き?」

「うん」

「そうか、よかったね。おじちゃんは学校が嫌いなんだ。今でも、学校に行きたくないと言っては叱られてるんだ。学校では何が得意?」

「ジャングルジム」

はきはきと迷う様子もなく答える。さくらさんの子供時代のように、「馬鹿馬鹿しくてこんなオヤジの質問に答えていられるか」と考えている様子はうかがえなかった。

お母さんは、とても丁寧な人だった。「いつも娘がお世話になって」とおっしゃる。こちらのほうが世話になっているのに、何と謙虚な人だろうか。そして、腰を痛めたために十分なもてなしができないとおわびのことばを述べられた。なんと礼儀正しい人だろうか。

それから、わたしの本を差し出し、愛読しているからサインがほしいとおっしゃった。なんと見る目のある人だろうか。

さくらさんも、「母は先生の本を読んでるんですよ」とおっしゃる。もちろん、さくらさんにはこれまでもいろいろな人を大がかりにダマした実績がある。家族ぐるみでわたしをダマしている可能性もある。「家族ぐるみで」といっても、演技できるのは家族の中ではさくらさんとお母さんだけだ（その次に演技できるとしたらフジだろう）。

ダマされている可能性を疑いつつも、わたしは名誉をかみしめながらサインした。なんという名誉だろうか。ちょうど「鉄腕アトム」のお茶の水博士にサインを求められたようなものだ。あるいは、「アンパンマン」のカレーパンマンにサインを求められたようなものだ。今にして思えば、わたしのほうがサインしてもらえばよかった。

「ちびまる子ちゃん」に登場するご家族はみなさん面白く描かれているが、わたしは以前から、その中でもとくにお母さんに注目していた。お母さんは、幼いさくらさんを「ちびまる」（女の子だから「ちびまる子」になった）と呼んでおられたことからもわかるように、さくらさんに対して特別な愛情を注いでおられた人だ（さくらさんがよほど小さかったのか、ご自分のつけた本名が失敗だったと思ってらっしゃったのかもしれない）。

「ちびまる子ちゃん」によれば、さくらさんは、そのお母さんの愛情に対して、恩を仇《あだ》で返すような屁理屈《へりくつ》でわがままを通そうとしてきた。わがまま娘の自分勝手な理屈に一歩も譲らず、厳しくたしなめたお母さんの存在がなかったら、「ちびまる子ちゃん」という傑作は生まれなかったのだ。

実際に見るお母さんは、「ちびまる子ちゃん」に描かれている通りの人で、雄弁で謙虚で礼儀正しくて誠実な人だった。

わたしはさくらさんがうらやましかった。わたしがこういうお母さんに育てられ、さくらさんのように身勝手で屁理屈が上手な息子だったら、今ごろ傑作「ちびまるちゃん」を描《か》いて、愚かな哲学者を家に招いていただろう。

不運な故障が続いたとはいっても、さくらさんのご家族は、みなさん気取らず、それぞれ考えていることがバラバラで、そして元気だった。その場にいた人間と犬を元気な順に並べると、①お子さん、②フジ、③お母さん、④さくらさん、⑤ヒロシ氏、⑥わたし、となる。期待した通りのご家族だった。

お宅を失礼するときになって気がついた。ヒロシ氏は最後までとまどった様子だったが、結局、一番とまどっていたのは、わたしだった。振り返ってみると、わたしは終始、恐縮してあいまいなことばを口ごもっていただけだった。今ごろ、ご家族は「今日の客は何だったんだろうね」と不可解に思っておられるのではないかと思う。もっと名言を吐くなり、玄関の掃除をするなり、尊敬されるようなことをすればよかった。ハンサムな謎の貴公子が八百屋の一家を訪れたような印象しか残せなかったのが残念でならない。

KENJI TSUCHIYA AND MOMOKO SAKURA

おめでたい
性格

*

TSUCHIKEN MOMOKOLLAGEN

ツチヤ　さくらさんは、原稿を依頼されたときには、さっさと書いたりするんですか。

ももこ　しますよ。

ツチヤ　僕はさっさと書かなかったりします。じゃ、締め切り前に仕上げるということも結構あるんですか。

ももこ　ええ。いつだってそうです。締め切り一週間ぐらい前までに上がってなかったら今回遅れたよなとか思うほどです。

ツチヤ　そうなんですかっ‼　すごいですね。僕と全然違いますね。僕なんかいつも逃げているというような感じですよ。原稿を依頼されても、締め切りは何月何日ですと言われたら、その何月何日というのは、今年のことですかと確かめます。それからその日の夜中でもいいんですかって、そこまでききます。引き受ける段階ですでに逃げの態勢に入ってる。

ももこ　だめじゃないですか、そんなことじゃあ。

ツチヤ　夜中でもいいってきくと、「ということは、次の日の出社なさる前までに送ればいいですね」と編集者に言って、ギリギリになってやっと仕上がるんです。もう、5分ぐらいの誤差で。このように責任感は強いんですが、いつも追われているような毎日なんです。逃亡者みたいです。

ももこ　それまでなんでやらないんですか。何やってんの？

ツチヤ　何かうじうじして取りかかれないんですよ。やらなきゃやらなきゃと思っても、なんとなく憂鬱《ゆううつ》だなって意味もなく悩みながら、半分は遅れたときの言い訳を考えたりする。そういうことの連続だから、今日はなんの問題もない、さわやかな日だな、なんてことが全然ないんですよ。

ももこ　ないんですか。そりゃお気の毒ですねぇ。

ツチヤ　ええ。しかも、誰も同情してくれないから、さらに気の毒です。さくらさんは、校正のときには手を入れるんですか。

ももこ　ほとんど入れませんね。出来あがった原稿に、手を加えるほどの興味がないんですよ。私、なんで作家をやっているのかというと、書いてるときだけがエクスタシーなんです。だから書き終わったらもうそれに関しての興味がないんですね。それが売れても売れなくても、書き終わった時点で全部終わりなんです。

ツチヤ　オシッコしているようなものなんですね。それにしても潔《いさぎよ》いですねぇ。

ももこ　そうですかね。

ツチヤ　ライバルに勝とうとか、ベストセラーで誰が上位に入っているとか、そういうことも気にならないんですか。

ももこ　なったことがないです。誰かをライバルだと思ったこともないですし、ベストセラーに入るとか入らないよりも、その本を書いているときに自分が楽しかったかどうかが重要なんです。で、それを書き終わった時点で終了で、もう次の仕事に取りかかってますから。

ツチヤ　そうなんですか。じゃあ、自分が書いた本を読んで嫌な感じがすることもないんですか。

ももこ　嫌な感じもしませんし、必要以上に興味もないです（笑）。

ツチヤ　あっそう。すごくあっさりしてますね。僕なんか自分の文章を読むの、ものすごく苦痛なんです。書く前から苦しむぐらいだから、書いた後はもっと苦痛です。苦痛だからいっぱい直します。文章校正のときも、三分の二ぐらい手を入れて直すこともあるんです。

ももこ　それって、校正っていうか書き直しじゃないですか。

ツチヤ　ほとんどそう。それをまとめて単行本にする段階でまたものすごく直したりするんですよ。

ももこ　へー、そりゃ大変だわ。

ツチヤ　どんなに書き直しても、自分の書いたものなんて見たくもないという感じがするんです。

ももこ　それは問題ですね。ツチヤ先生の本、面白いんだから自分でも面白がって読めばいいじゃないですか。

ツチヤ　そうできればいいんですけど。完璧《かんぺき》を求めてやまないからかなぁ。もしかしたら大作家かもしれない。大作家は苦しみ抜いて一日に原稿用紙一枚ということもあるらしいから。さくらさんは、自分で自分の本を面白がったりすることがあるんですか。

ももこ　ありますよ。原稿を書いたあと、本が出るのって一ヵ月とか二ヵ月後ですよね、だからいよいよ本ができたときには書いた内容をほとんど忘れてますから新鮮な気持ちで読めるんです（笑）。うまい言い回しのところなんか読むと「うーん、うまいね。これが他の作家だったらくやしいね」なんてね、ポンと膝《ひざ》を打って笑ったりしますよ、たまに。でも、別にそれ以上の興味はないので、自分でやるだけやってよかったとか思ってそれで終わりですよ。もうあと、深くは考えないですね。

ツチヤ　僕と全然違いますね、ものの考え方が。自分の本を読んでダサい表現があったら「これが他の作家であったらよかったのに」と頭をかきむしったりします。

ももこ　私みたいになったらどうです？　思い切って。

ツチヤ　いや、無理だと思います。なろうと思ってなれるものじゃない。僕みたいに文章をどこまでも良心的に改善しようとするのも性格的なもので、変えられないと思います。さくらさんの場合も先天的なものだと思うんです。

ももこ　親がヒロシというのが原因かもしれないですね。

ツチヤ　そうですね。あのヒロシという方に、やっぱり似ているんですか。

ももこ　ヒロシという方にだって（笑）。ヒロシでいいですよ。

ツチヤ　僕礼儀正しい人間なもんで、呼び捨てにするのも悪いかなと思って…。

ももこ　いいんですよ、ヒロシにまで気を遣わないでください（笑）。そうですね、私、ヒロシに似てるところもけっこうあると思います。
ツチヤ　ヒロシの興味というのは、どういうところにあるんですか。
ももこ　ヒロシの興味も、少ないですよ。
ツチヤ　あまり執着しないタイプですよね、さくらさんと同じで。
ももこ　そうですねぇ、ヒロシは、野球とお酒とタバコだけです。こだわっていることは。
ツチヤ　シンプルな生き方ですねぇ。
ももこ　そう、シンプルです。後はないですからね。お母さんに文句を言われても、平気で生きているんです。私のほうがヒロシより真剣度の高い日々を送っていると思うんですが、でもヒロシも別に毎日は退屈なわけじゃないと思うし、彼なりに代謝《たいしゃ》はいいと思いますよ。
ツチヤ　それは人生観とかそういうもんじゃなく、やはり性格的なことかもしれないですね、もともとの。さくらさんもヒロシの代謝に近いものがあるんでしょうね。「代謝」っていうのがどういうことなのかわかりませんが。

ヒロシゆずりの性格なんだ。

ももこ　ええ。でも、小さい頃は母の心配性な性格も半分以上混じってたんで、細かいことにくよくよしたり、どうでもいいことを心配して泣いたりしていました。

ツチヤ　そうなんですか。それはいつ頃？

ももこ　幼稚園の頃とか。小さい頃のほうがひどくて、どんどん成長するごとに薄くなっていきましたね。そして、21世紀を迎えたら遂《つい》にゼロになった感じなんです。

ツチヤ　ええっ、ゼロに!?　それは何か意識してそうなったんですか？

ももこ　いや、特に何かを意識していたわけじゃないんですけど。

ツチヤ　自然にそうなったんですか？

ももこ　ええ。正月が過ぎて、あれっと思ったんですよ。少しくらい、何かいろいろ心配なこととかあるじゃないですか、日常って。

ツチヤ　ええ、いっぱいあります。安心できることがほとんどないほどです。

ももこ　それが、別に何も解決されたわけでもないのに、全部スッキリしていたんです。

ツチヤ　正月が過ぎただけで？

ももこ　ええ。

ツチヤ　これから21世紀だという何か切り替わるような気持ちがあったんじゃないんですか。

ももこ　21世紀になるからって、別にやたらとはりきったりしていたわけじゃないんですよ。ただ、20世紀の最後の日、つまり大みそかの夕方に、トイレまで歩いてたんです。ほんの5～6歩なんですけど。その5～6歩の間に、急にものすごく20世紀に対しての感謝の気持ちが湧《わ》いたんです。

ツチヤ　トイレまでの5～6歩の間に、急にですか。

ももこ　ええ、急にでしたね。で、着いた所がちょうどトイレだったんで、オシッコをしながら20世紀に対して非常に深く感謝したんです。ものすごく大変なこともたくさんあったけれど、でもそれが全部自分の勉強になったと思えて、いろいろな体験をさせてくれた20世紀、ありがとうありがとうって。

ツチヤ　特に20世紀に何かやり残したことがあるとか、反省点とか自責の念とか、そういう意識はなかったですか。

ももこ　なかったですね。ただ感謝でした。

ツチヤ　21世紀にむけての課題とか決意とかも？

ももこ　それもなかったです。自分でも、全く意外だったんですよ。そんな、急に20世紀に感謝の念が一気に湧くなんて。ただトイレに行こうとしていただけなのに。

ツチヤ　決意はなくて尿意だけだったんですか（笑）。たぶんトイレじゃなくて歯医者に行こうとしていたらそうはならなかったでしょうね。トイレ以外に原因が考えられないんですか。

ももこ　ええ。強《し》いて言えばその大みそかのことぐらいですね。あとは何もないです。正月がきて、友達とかがみんな来て、ワイワイ「21世紀だ——万歳」とか騒いだりしているうちに三日ぐらい過ぎて、気がついてみるとやけに自分の気持ちの中になんの陰りもないんですよ。ものすごく楽天て感じ。あれ？　なんかすっごい気分いいけど、これって正月のせいかなァ…と思ってたんですけど、それがいつまで経っても変わらないんです。

ツチヤ　すごいな。何かが抜けたんですね。壊れたのかもしれない。

ももこ　なんかね、行ったことないけどカリブみたいな感じ。カリブって、イメージだと、ピカッと太陽で空と海は青でしょ、そんで夕方にはパッとオレンジになって、夜は星、でまた朝になったらピカッみたいな、ハッキリくっきりクリアな感じでしかも楽天なんですよね。そして、なんかウキウキするんですよ。

ツチヤ　ウキウキするんですか。意味もなくですか？

ももこ　ええ。意味もなく。子供の頃って、別にたいした意味もないのに、ただ空が晴れてるっていうだけでうれしかったりしたじゃないですか。町内でお祭をやるなんてきいただけでもう胸がはりさけそうなぐらいわくわくしたり、そういう感じって大人になってからあんまり感じたことなかったんですよね。子供の頃より楽しいことがいっぱいあるはずなのに、どうしてだろうと思ってたら、久しぶりにそういう感じが戻ってきたんです。

ツチヤ　へー。じゃあ、ちょっとでも何か楽しみなことがあると、もう胸がはりさけそうにわくわくするんでしょうね。

ももこ　うん。意味もなくウキウキしてるわけですから、ちょっとでも楽しみなことがあればもう大変ですよ。

ツチヤ　例えば？

ももこ　例えばねぇ、このまえスタッフが京都に行ったんで、帰りに生ういろうを買ってきてって頼んでおいたんです。それで、帰ってくる日になって、カレンダーを見て「お、今日はういろうだ」と思ったとたんにもう鼻歌ですよ。あーうれしいって、近所中に言って回りたい気持ちでしたね。

ツチヤ　ういろうひとつでそんなに喜びがあふれるなんて。ういろう1ダースだったら死ぬかもしれませんね…信じられないなァ。

ももこ　ずいぶんおめでたいと思っているんでしょう。

ツチヤ　ええ、かなりおめでたいと思います。

ももこ　自分でも、そう思いますね。ああ、これはおめでたいなァって。

ツチヤ　普通だったら、死ぬような修行を重ねてやっとそういう境地に達するんじゃないかと思いますけど、どういうことなんでしょうね。

ももこ　さあ、何なんでしょうね。正月に、七福神かなんかが来て「21世紀から、おまえは急におめでたいぞ」とか言って打ち出の小づちで頭叩《たた》いたとか、そういうハッキリした原因があればわかりやすいんですけど。

ツチヤ　トイレに行っただけですからね。おめでたいとか言っても、日常の問題は何も解決なさってないんですよね。

ももこ　ええ、未解決のままですよ。

ツチヤ　やはり死期が近いんでしょうか。自分の問題も社会の問題もぜーんぶ未解決なのにそんなにハッピーでいていいんでしょうか。

ももこ　いいも悪いもしょうがないじゃないですか。自分でこんな感じになろうと思ってなったわけじゃないんですから、もうしょうがないんです。

ツチヤ　もしかしたら、悟《さと》りを開いたような感じに近いのかもしれませんね。

ももこ　そんな立派なもんじゃないと思うんですよ。母の心配性の性格が遂にゼロになって、ヒロシの気楽な性格が前面に出るようになっただけのような気がするんですけど。

ツチヤ　21世紀の幕開けと共に、ヒロシ全開。

ももこ　やな幕開けだな（笑）。悟りどころじゃないじゃないですかコレ。

KENJI TSUCHIYA AND MOMOKO SAKURA

東大を出たばっかりに…

*

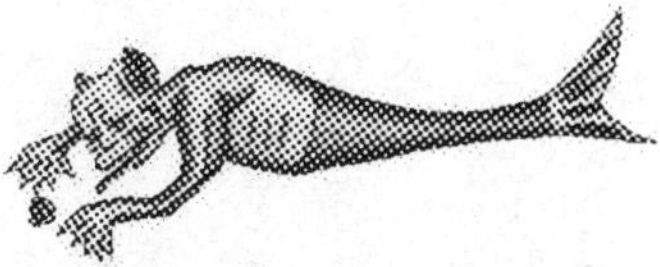

TSUCHIKEN MOMOKOLLAGEN

ツチヤ　さくらさんはいいですね。毎日楽しそうで…。

ももこ　何をうらやましがってるんですか。わざわざ東大まで出てるのに、私なんかのことをうらやましがってる場合じゃないですよ。

ツチヤ　でも、東大を出るより、さくらさんのように毎日明るく元気に過ごせるほうがいいですよ。東大なんか出たって、僕みたいにうだうだと毎日特に楽しいこともなく生きているんじゃ仕方ないでしょう。

ももこ　まあそうかもね。ツチヤ先生なんて、東大まで出てるのに結局私と同じ面白エッセイなんて書いてるんだから、面白エッセイ作家っていうことでいえば職業同じですもんね。

ツチヤ　そうです。売れる売れないの違いはあっても、仕事は同じです。デパートモタバコ屋も同じ小売業です。

ももこ　文章的な技術や、ちょっとした思考回路も似てるところがあるんですね。

ツチヤ　そうなんです。僕も最初、人から、「さくらももこさんの作品と共通するものがある」とか言われて、ふーん、そんなこと言ったって、どうだろと思って…。

ももこ　ちょっとバカにしてたでしょ。

ツチヤ　えっ…ええ、ハイ。正直言って、どうせそんなに面白くないだろうと思っていたんです。テレビで『ちびまる子ちゃん』は見ていてファンだったんですけど、あのちびまる子がちゃんとした文章を書けるわけがないって。僕自身がちゃんとした文章を書けないのにね。それにちびまる子ちゃんが書いているわけじゃないのにね。それであんな子が書くものがベストセラーになっているから世の中不合理だと思って。参考のために一応読んでみたらものすごく面白くて、これじゃ売れても仕方ないなって思いました。

それで僕もファンになったんです。実に潔《いさぎよ》い態度でしょう。

ももこ　私も、先生の本が出たばかりの頃、すぐに読んで「こりゃうまい」って感心したんです。文章のうまさに感心したのなんて、夏目漱石を読んだとき以来でした。

ツチヤ　ホント⁉　うれしいなァ。

ももこ　そのとき、せんえつながら「この人、私の技術と思考回路に似てるところがある」って思ったんですけど、それが東大出のお茶の水大の教授なんですから、うっかり他人には言えませんでしたよ。私と似てるなんて。

ツチヤ　声を大にして言ってほしかったです。

ももこ　でも、自分でだけはひそかに自慢な気持ちを抱いていたんですよ。親なんかから、ももこはバカだと怒られても、バカなもんかよ、あたしゃ東大出のえらい先生と似てるんだって。

ツチヤ　東大を出てもくだらない文章を書いてる人はいっぱいいますよ。請求書とかね。僕は東大を出たってちっとも立派なわけじゃないんですから、そんなこと言ってもらうと申し訳ないですよ。

ももこ　東大まで出たのに、結局私と同じ職業じゃ、東大を出たことがムダだったとも言えますよね。

ツチヤ　本当だ。たしかにムダです。別に東大を出てなくても、オクスフォード大学でもハーバード大学でもよかったんだ（笑）。

ももこ　東大に行くためのの勉強時間を、漫画の練習にでも使ってりゃ、エッセイだけじゃなくって私みたいに漫画も描《か》けて大もうけできたのにね。

ツチヤ　本当ですよ。さくらさん程度の絵でも漫画家になれるんですから、東大に入るための苦労を絵の練習にあててたら、どんな大漫画家になったかと思いますよ。

ももこ　惜《お》しい話ですよね。漫画の練習をせずに、勉強なんてしたばっかりに東大に入っちゃってそれからずいぶんいろんな苦労があったでしょう。

ツチヤ　ええ。そりゃもう大変でした。勉強一筋で楽しくもない数十年ですからね。エッセイを書くようになったのも50歳頃からでしたし…。

ももこ　ずいぶん遠回りをしたものですよね。私なんて、25歳から書いてましたよ、エッセイを。

ツチヤ　早いなァ。

ももこ　ええ。これもうっかり東大に行かなかったおかげです。もし行っていたら、とんでもないことになっていましたね。

ツチヤ　そうですよ。さくらさんも僕と似ている思考回路ですから、うっかり東大に行く可能性が十分ありましたもんね。

ももこ　もちろんです（笑）。

ツチヤ　さくらさんが東大に行ってなくて本当によかった。東大出の女なんて、一番えらくても大臣ですから。

ももこ　えらいなー。やっぱ、東大出てえらくなる女の人って、立派ですね。

ツチヤ　いえいえ。大臣なんて下手すりゃ国民の嫌われ者ですから。第一、さくらさんが大臣になったら日本のためになりません。そんなのになるより、まるちゃん描いて人気者になったほうがよっぽどいいですよ。

ももこ　そうか。苦労して東大行って嫌われ者になるより、気楽に生きてて人気者のほうが得かもね。

ツチヤ　そうですそうです。さくらさんが大臣になったって、どうせロクなことができないんだから。どんなによくても笑われるだけですよ。

ももこ　オモシロ大臣なんて言われて国民の笑い者になるのもみっともないですしね。

ツチヤ　どうせ笑い者になるのなら、今のままのさくらさんがいいですよ。

ももこ　大臣にまでならなかったとしても、東大に行ったりしたら丸紅とかなんか知らないけど一流企業のＯＬになったりして、エリート上司と不倫なんかしちゃってね。

ツチヤ　それも上司がエリートじゃなかったりして。
ももこ　そんで、その不倫相手から「一緒に死のう」なんて言われでもしてごらんよ、東大を出たばっかりに身をもちくずして一生を棒に振るわけですよ。
ツチヤ　（大爆笑）。
ももこ　そう考えると、私の場合は東大を出なかったことが幸運だったとしか言えませんね。バカだバカだと怒られ続けてきた人生に感謝しますよ。
ツチヤ　うらやましいなァ。僕だって親からバカだって言われていたのに、うっかり東大に入ったばっかりにいいことがないなんて。
ももこ　損な人生としか言いようがないですねぇ。
ツチヤ　そうです。しかも僕は東大を出たけど、上司との不倫もないし、大臣になったわけでもない…。そういうことにはならずにすみました。そういうことさえなかったと言っていい。一度そういう不幸な目にあってみたいほどです。

ももこ　でも、私としてはツチャ先生が東大に行ってくれて本当によかったですよ。唯一ともいえるこんなバカらしいエッセイを書く仲間が、東大出て教授やってくれてるおかげで私まで頭いいんじゃないかって、世間の人から誤解されて格が上がりますもん。漫画家も、手塚治虫先生が医学博士だったおかげで一気に株が上がったのと同じでね、面白エッセイ作家の株を上げてくれてどうもありがとうございます。

ツチヤ　そうですか？　少しは僕も役に立ってますかねぇ。

ももこ　立ってますとも。先生の苦労は、私にとっちゃ良質の肥《こ》やしですよ。

ツチヤ　僕のこれまでの苦労って、さくらさんの肥やしだったのかよ…トホホっていう感じ。

ももこ　やってられないでしょ。

ツチヤ　やってられません。

KENJI TSUCHIYA AND MOMOKO SAKURA

ノーベル賞か直木賞

*

TSUCHIKEN MOMOKOLLAGEN

ももこ　ツチヤ先生はノーベル賞をもらう可能性だってあるんですよね。

ツチヤ　あっ、そうですね。忘れてましたけど、一応、その可能性というのはあります。哲学者だったらノーベル文学賞あたりになると思いますけど。

ももこ　もしノーベル賞をくれるって言われたら、いらないって言ってみたらどうですか。

ツチヤ　断るんですか。大胆だなァ。セールスでも原稿依頼でも断るのが苦手なんですけど、ノーベル賞をねぇ。

ももこ　カッコイイですよ。土屋賢二、ノーベル賞を断る、なんてスポーツ紙に大きく出たりして。

ツチヤ　哲学者がスポーツ紙に出るんですからね。素直に受賞したらこうはいかない。

ももこ　そうでしょう。かえって歴史に残るかもしれませんよ。

ツチヤ　じゃ、さくらさんも、文学賞を断るってことで、お互いにそうしませんか。

ももこ　いいですよ。私も直木賞やなんか断りますよ。小説を書く予定も全然たててないですけれど、こうなると早く賞をくれるって言ってきてほしいですね。書く前から断る気マンマンで待ってますから。

ツチヤ　僕も早く言ってきてほしいなァ。次から次へと断りまくりですね。こうなったらノーベル賞でも国民栄誉賞でももってこいっ。

ももこ　よし、その調子ですよ。ツチヤ先生がノーベル賞を断るときには、うちのスタッフがまた協力して新福さんのときみたいなパーティーを開きますよ。「ツチヤ先生のノーベル賞断りパーティー」。もちろん劇も練習してね。

ツチヤ　そこらへんの道ばたじゃなく、どこか立派なホテルでやっていただけるんでしょうか。

ももこ　もちろんですよ。オークラとか帝国ホテルとか。なんか、政治家とかも鉄砲で撃たれたことのある部屋みたいな、由緒正しいお部屋がいいですね。

ツチヤ　それを探すとなると、まず政治家を撃つところから始めないと(笑)。

ももこ　撃たれてもらおうじゃないですか。ツチヤ先生がノーベル賞を断るために使う部屋なんですから、撃たれるマネでもいいから誰か政治家にやってもらわないと。

ツチヤ　仕込みが大変ですね。

ももこ　もちろんです。

ツチヤ　でも、新福さんのパーティーをやったような実行力だと、本当にやりそうですね。

ももこ　まかせてください。でかいことをしますよ。ツチヤ先生がノーベル賞を断るときのためだったら、私はお金をつぎ込みます。そういうときのために印税を集英社からもらっているんですから。

ツチヤ　じゃ、僕も払いますよ、さくらさんが賞を断るときには…。そういうときのために給料をもらっているんだから。

ももこ　いいんです。そんなに気を遣わないでください。どうしても払いたいっていうんならムリに止めませんけど、でも、ノーベル賞から比べたら直木賞やなんかなんて、くだらないじゃないですか。

ツチヤ　そうですね。くだらないや。ああいうのを受賞する人の気が知れない。候補になるだけでも恥ずかしい（笑）。

ももこ　よく言った!!　そうです。私は芥川賞も直木賞も断りますとも。だって、エッセイ大賞みたいのだってもらったことないんですから。

ツチヤ　…僕もないです。皆勤賞ももらったことがない。

ももこ　無冠ですよ。文章に関しては。

ツチヤ　さくらさんが無冠なんですかァ？　ホントに？

ももこ　うん。無冠です。

ツチヤ　そうですか。じゃ、それをポリシーにしたほうがいいですよ。絶対。

ももこ　そうです。ポリシーにしてるんです。

ツチヤ　今までずっと断ってきたんだと。

ももこ　ええ、尋ねられもしなかったけど、断ってきた。

ツチヤ　僕なんか、候補にならないように気をつけてます。皆勤賞をもらわないように学校を休んできましたしね。名文なんか書いたら、すぐにノーベル賞の候補になってしまいますからね。

ももこ　わざと名文を書かないというギリギリのバランスなんですね。見事じゃないですか。今までそれでまんまと候補にならなかったなんて。

ツチヤ　そう。候補にならないよう、どんなに苦労していることか（笑）。

ももこ　ほんとにね。賞をとるより頭使っているでしょうね（笑）。ノーベル賞なんてとり放題だったでしょうに。

ツチヤ　そうです。下手に賢いことを書いたらノーベル物理学賞や経済学賞までとっていたかもしれませんからね。そういうことが絶対にないように、誰が見てもバカなことを書いてきたんだ。

ももこ　立派ですよ。だって、賞なんてもらったって、賞をとった人だねって言われるだけじゃないですか。

ツチヤ　そうですよ。お金だって何百万だかもらうだけですからね。

ももこ　何百万ぐらいのことで、賞をとった人だねなんてことで終わりたくないですよね。

ツチヤ　そうですとも。そんなことで終わるぐらいなら「あいつは賞がもらえないくせに断ったと言い張っている」と言われたほうがましだ。

ももこ　百億円ぐらいくれるんならいいですけどね。

ツチヤ　僕は百億円でも嫌ですね。

ももこ　ホントに⁉　偉いですね。

ツチヤ　あたりまえです。

ももこ　そうですか。でも私は、直木賞が百億円だったら受けます。どうです、ちょっとうらやましいでしょう、人がもらうと思ったら。

ツチヤ　そんな。裏切るんだったら、僕は二万円でいい。

KENJI TSUCHIYA

さくらさんとわたし（とまわりのうじ虫たち）

*

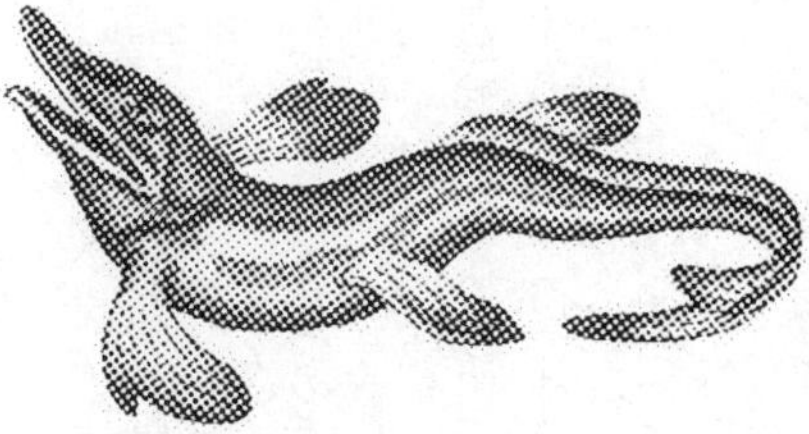

TSUCHIKEN MOMOKOLLAGEN

わたしは大学の教師である。わたしをよく知っている者は、わたしが教師であるとは信じられないかもしれないが、れっきとした教師である。

しかし、まわりには、わたしを教え導こうとする先生ヅラをした者があまりにも多い。妻は、「羊かんを黙って食べるな」「休日にゴロゴロするな」「新聞ぐらい自分でとれ」「よその女にやさしくするな」「棚を直せ」「仮病を使って大学を休むな」「帰宅するのが遅すぎる」「帰宅するのが早すぎる」「万引き、強盗、殺人、痴漢など、法に触れることをするな」「上品な人間になれ」「ハリソン・フォードと違いすぎる」などと、毎日のように注意する。

勤務先の大学でも、助手（わたしの教え子だ）は、「エッセイに嘘《うそ》を書くな」「エッセイに本当のことを書くな」「書類を出せ」「教室経費を払え」「昨日出前でとったフィッシュフライ弁当の代金を払え」などと厳しくわたしを指導するし、学生も「その服装、何とかなりませんか」「先生、それ間違いじゃありませんか」とわたしを導こうとする。

このように、わたしの顔を見ると教え導こうとするやつらばかりに囲まれて生活していると、自分が教える側の人間だという実感がもてなくなる。

さくらさんと最初に対談したとき、わたしは職場や家庭でどんなに悲惨な目にあっているかを切々と訴えた。さくらさんは、わたしの境遇に同情してくださり、まわりの人間は尊敬の念をもっと払うべきだと強くおっしゃってくれた。「もっとわたしを尊敬しろ」とわたしを叱る人間は数多いが、わたしの周りの人間に、「ツチヤを尊敬しろ」と叱る人は初めてだった。

神様仏様さくら様

さくらももこさんは義侠心《ぎきょうしん》に富む人だ。事実、清水の次郎長《じろちょう》を尊敬しておられるという。

　さくらさんがいった。

「学生さんたちからさぞ尊敬されているんでしょうね」

実に鋭い。一目見てわたしが尊敬されて当然の人物だと見抜いている。

わたしは包み隠さず答えた。

「尊敬とはほど遠い状態です」

「口に出していなくても尊敬されてますよ。絶対」

「わたしの勘違いなのかもしれません。ただ、顔を合わせても挨拶《あいさつ》しない学生がいますが、それでも尊敬されてますか」

「尊敬されてますよ。尊敬の念が強すぎるとなかなか声をかけられないものなんですよ」

「先日〈つちやー〉と呼び捨てにしたのが耳に入ったんですが、それでも尊敬されてますか」

「親しみの表現だと思いますよ。尊敬していても親しみはもてますからね」

「学生の発表が間違っている、とわたしが指摘すると、わたしの方が間違っている、と別の学生に指摘されているんですが、それでも尊敬されてますか」

「そうなんですか……でも尊敬されてますよ……きっと」

「でも、わたしのケーキを無断で食べた学生が、わたしの顔を見て笑うんですよ。尊敬していたら、ふつう謝るぐらいはするんじゃないんでしょうか」

「そ、尊敬されてますよ……たぶん……」

声に力がなくなっている。「こいつは本当に尊敬されていないかもしれない」という疑念が芽生えたのが分かった。

「助手も、助手室に来た学生にはお茶を出しているのに、わたしにはお茶もいれません」

「恥ずかしいんですよ……たぶん」

「それが先日、どういう加減か、お茶をいれてくれました」

「ほらね、やっぱりそうだ」

「こんなに親切にしてもらうことは何もしていないというと、〈人徳ですよ〉といいました」

「えっ、そ、そこまでいい切ったんですか」

「そうです。〈君にもやっと人間の真価が分かったか〉とホメてやると、彼女は〈わたしの人徳です〉といいました。これでも尊敬されているでしょうか」

さくらさんは一瞬声を失った後、決然といった。

「わたし、大学に行って、尊敬しろっ、といってやりますっ」

義侠心というものを初めて見た思いだった。

その後、さくらさんから絵入りの色紙が送られてきた。学生に見せびらかすことができるように、お願いした通り「土屋先生へ」と書いてある。

助手が助手室に飾りたいと申し出たのをわたしは断った。

「これはわたしの宝物だ。飾るものがほしいなら、わたしが書いてあげよう。わたしの自画像なんかどうだろう」

「そういうものは先生のお部屋に飾ってください」

助手はこう言い放つと、わたしの承諾も得ないで、そこにいた学生と勝手に相談し始めた。

「どんな額がいいと思う？」

「色紙は色褪《いろあ》せしやすいでしょう。額に入れても大丈夫？」

「探せば紫外線をカットする額があるはずよ」

わたしの本をナベ敷きにしているのと比べ、扱いが違いすぎる。このまま聞いていたら、ＵＶカットの額縁を探して買って来いといわれるに違いない。

足早に助手室を出たわたしの心は同情に満ちていた。フビンなやつらだ。さくらさんに成敗されるのも知らないで、そうやって三年でも浮かれてろ。

さくらさんという強い味方を得て、光明が見えてきた。編集者と話をしても、気持ちは明るかった。編集者にさくらさんの話をした後、次に出す本の題名をどうするかを相談した。題名は重要だ。わたしの本は、内容よりも題名で勝負しているのだ。さくらさんの大ベストセラー『ものかんづめ』にあやかりたいものだ。編集者が提案した。

「『もものかんづめッチャ版』というのはどうでしょうか。著者名の土屋賢二というのは小さい活字にするんです」

「二番煎《せん》じだということがあまりにもはっきりしてませんか」

「『もものかんづめ』の〈ももの〉にツチヤとルビをふるのはどうでしょうか。著者も〈さくらももこ〉としてツチヤケンジとルビをふれば完璧です」

さくら様、この編集者も叱って下さい。

自分が教師であることを忘れていたときに、さくらさんの態度に接したわたしは、目がさめるような思いだった。ついに救世主が現れたと思った。思えば、わたしは五十六歳になるまで色々な人間にこづきまわされてきた。五十六年間といえば、実に、わたしの人生の四分の一にあたる期間だ。その長い年月の中で、わたしを人間として認めてくれたのは、さくらさんが初めてだ。曲がりなりにも生きていてよかった。

それだけでもありがたいのに、さくらさんはその上、わたしの文章まで認めてくださった。聞いたか、まわりのやつらよ。押しも押されぬベストセラー作家の責任あることばを。

さらにさくらさんは、わたしが自分の本の中に描いたイラストの中にも面白い絵が含まれていると認めてくださった。聞いたか、まわりのやつらよ。国民的人気漫画家の責任あることばを。

これで、わたしがいい男だというところまでさくらさんが認めてくれたら申し分なかったところだが、さくらさんにも恥ずかしがり屋の面があるのだろう。

あの尊敬してやまないちびまる子ちゃん（わたしの中では、さくらさんとちびまる子ちゃんは同一人物である）に、こんなに認められていいのだろうか。まわりの人間にぼろカスのように言われ続けていたのと、謙虚すぎる性格のために、自分でもカスだと思い込んでいた。そんなはずはないと思いつつも、つい、カスだと思い込んでいた。さくらさんにカスではないと認められて、不安をおぼえた。

「わたしはそんなに価値のある人間だったのか。何だかコ・ワ・イ」という不安が、自信に変わるのに五分かかった。わたしは自分をすっかり誤解していた。わたしが悪いのではなく、まわりの者に見る目がないのだ。

さくらさんは口先だけの人ではなかった。さくらさんと話しているところを音声抜きで見てもわたしに対する敬意がはっきりわかるほど、丁寧な態度で接してくださった（まわりの連中がわたしに接しているところを音声抜きで見たら、わたしを叱っているか、恐喝しているとしか思えないだろう）。今まで、たまに丁寧な扱いをされることもあったが、そういうときは例外なく、あとで金を請求されてきた。だが、さくらさんは違った。最初の対談の後のことだった。

さくらももこ効果

自宅の電話をとると、助手からだった。助手の声は切迫していたが、書類の提出を求めるものでも金の請求でもなく、会議の通知でもノーベル賞受賞の知らせでもなかった。

「お菓子が届いています」

意外だった。わたしからものを奪うような人間なら数え切れないほど思い当たるが、わたしにものをくれる人間は思い当たらない。助手は続けた。

「さくらももこさんからです」

自分の耳を疑った。助手を疑った。そして神を信じた。あこがれのさくらさんからだ。助手の声からも「これは絶対嘘だ。何かの間違いだ」と思っている様子がありありと伝わってくる。

さくらさんとは、数日前に対談したが、お菓子を送らずにはいられないほどわたしの話または容姿が感動的だったのだろうか。記憶にはないが、ひょっとしたらさくらさんの命を救ったのかもしれない。それとも、さくらさんが副業でお菓子の販売をしていて、後から代金を請求されるのかもしれない。

助手は興奮した声で続けた。

「宅配便で金曜日の発送となっていますから、もう四日もたっています。いたんでいるかもしれません。要冷蔵と書いてないので冷蔵庫に入れていいかどうかも分かりません」

「それなら、今すぐ開けてみてくれ」

数秒後に助手が報告した。今開封したにしては早すぎる。

「開けました。ぐちゃぐちゃになってます」

「なにっ、そんな貴重なものがぐちゃぐちゃだ？　なぜ君がかわりにぐちゃぐちゃにならないんだ。まだ食べられそうか」

「分かりません。生菓子とは書いてませんが、たしかなことはいえません」

「分かった。もし食べられるようなら、食べてくれ。ただし、ちょっとでもおかしいと思ったら、食べないように。まだ食べられるようだったら……その場合も食べないように」

「ここにいる学生の人にも分けていいですか」

「何を食べても平気そうな学生を選んで分けなさい」

じっとしていられなくなって、大学に急行した。息せき切って助手室に到着すると、満ち足りた顔つきの助手たちの前に、開いた菓子箱が置いてある。中には、一つ一つ紙に包んだまんじゅうが淋《さび》しげに三個残っている。だまされた！

「〈ぐちゃぐちゃだ〉というから、ケーキみたいな柔らかいものがつぶれたり崩れたりしているのかと思ったじゃないか。どこがぐちゃぐちゃなんだ」

「本当にぐちゃぐちゃだったんです。それをわたしが直したんです」

「ぐちゃぐちゃって、並び方が崩れていただけだろう」

「そうです」

「誤解を招くような表現を使うから誤解したじゃないか。それにこのまんじゅうなら、あと十日はもつはずだ」

「でも熱帯雨林のような高温多湿の環境に置いたら、十日ももたないと思います」

「熱帯雨林まで行かなくても、君のいる環境に置いたら一日ももたないだろう」

「さくらさんからもう一つ宅配便が届いてます」

包みを開くと、さくらさんのサイン入り色紙が入っていた。

実は、対談の後、用意した色紙を渡して、サインをお願いしたのだ。さくらさんは「お預かりして、後でお送りします」とおっしゃったが、なぜその場で書かないのか、不思議だった。家にもって帰って、だれかに書いてもらうのではないかとにらんでいたのだ。

ちびまる子ちゃんの絵が入ったすばらしい色紙だった。そこにいた助手たちが、食べ物かもしれないという期待を裏切られたにもかかわらず、歓声を上げたほどだ。彼女たちが食べ物以外で歓声を上げたのは初めてだ。

わたしに対する助手たちの態度が一変した。助手たちは明らかにわたしを見直したのだ。

絶大な効果だ。この効果が薄れたら、さくらさんの名前でわたし宛《あ》てにお菓子を送ることにしよう。

助手が提案した。

「その色紙、額に入れて助手室に飾りませんか。そうしたら尊敬されますよ」

「そうか？　お茶をいれてもらえるようになるのか」

「いえ、尊敬されるのはさくらさんです」

助手の態度が目に見えて丁寧になったとは思えなかったが、さくらさんを尊敬する助手が、わたしを見直さないはずはない。事実、助手がいれるお茶が濃くなったような気がする。濃くなったといっても、白湯《さゆ》と比べると区別がつく、という程度だが、白湯と区別つかないよりははるかにましだ。

何よりも、わたしの尊敬するさくらさんから贈り物をいただいて、夢を見ているようだった。しかもその後、さくらさんからは請求書も送られてこなかった。無料でこのような厚意を示してもらったことがない。わたしは感激し、恐縮した。だがそれで終わりではなかった。

さくらさんは、わたしの境遇を知るにつけ、尊敬すべき人物をカスのように扱う助手に憤慨し、連中を「叱ってやる」とまで言ってくれた。

もしわたしがさくらさんの立場なら、やはり憤慨して「叱ってやる」と言っていただろう。そしてその後、すべて忘れてぐっすり眠っていただろう。だが、さくらさんは違った。

チョモランマより高い

わたしには権威がない。わたしが謙虚すぎるのも一因だが、何よりも、周囲の人間にわたしの権威を認める見識も度量もないのだ。だが、連中に目を開かせる機会がついに訪れた。

助手二名の要望で、さくらももこさんにいただいた色紙を助手室に飾ることにしたのだ。色紙には、ちびまる子ちゃんの絵とともに「土屋先生へ。これからもよろしくお願いします」と書かれている。これを飾れば、助手室を訪れる学生、同僚、セールス、ハト、ゴキブリなどがわたしを見直すはずだ。助手がこの色紙を毎日見ているうちに、わたしの権威に気づくのも夢ではない。

楽しい空想の世界に入りかけたとき、助手同士で相談する声が聞こえた。

「額に入れるとき、土屋先生の名前だけ紙で隠せばいい」

何と無礼なやつらだ。「土屋先生へ。よろしくお願いします」という文言《もんごん》はさくらさんにお願いしてわざわざ入れていただいたことが分かっているのか。わたしが周囲の尊敬を勝ち取るために払っている努力が台無しになってもいいのか。こういう連中を教育したのは、わたしの人生の数多い汚点の一つだ。教育者として慚愧《ざんき》に堪《た》えない。

数日前もそうだった。わたしは、食事にはお茶が欠かせないまともな人間の一人だ。その日麦茶を買い忘れてしまったので、威厳をこめて助手に命じた。

「悪いんだけど、お茶をいれてくれないかなぁ」

だが、威厳を保ちつつも膝を屈して命じている恩師に対し、助手が出したのはお茶ではなく、「えっ？」という疑問文だった。彼女が何に疑問を感じたのか知らないが、疑問を抱くような状況ではないはずだ。

さくらさんに会ったとき、わたしは窮状を訴えた。訴える相手はさくらさんしかいない。第一に、さくらさんは、間違ったことには黙っていられないタイプの人だ（わたしは間違ったことをしないではいられないタイプだ）。第二に、さくらさんは、わたしを知った上で軽視している連中とは違い、わたしのことをまだよく知らないのだ。

ありがたいことに、さくらさんは助手の不当な態度に怒り、「助手にファックスでサトしてやる」といってくれたので、わたしはいそいそとファックス番号と助手の名前をお教えした。

翌日、助手宛てにファックスが届いた。文面は、①土屋先生に世話になっている②さくらももこという者である③土屋先生は立派な先生だから大切にするように、というもので、小学生にも理解できる平易なことばで明確に書いてあった。まともな神経の人間なら、深く反省し、涙を流して改心するところだ。助手は、とくに②の部分に心打たれた様子だった。

「どうだ。改心したか」

「何を改心するんですか。わたしは先生を大切にしています」

「ほう、それは知らなかった。どう大切にしているのか、教えてくれないか」

「先生に挨拶しています。それと、学科会議のときお茶をいれています」

そういえば、たしかにこちらから挨拶をすれば挨拶は返している（挨拶すると何かもらえると思っているか、他の人間と間違えているかだろう）。学科会議でお茶をいれているのも事実だ（他の教官連中と比較してはじめて、わたしの権威に気づくのだろう）。

だが、こういう当然のことを自慢すること自体、間違っていないか？

この疑問をもったとき、助手はいった。

「わたしには、先生への深い深い、マリアナ海溝よりも深い尊敬の念があります。先生の人徳は、チョモランマよりも高いと信じております」

人間、面と向かってはっきり本当のことをいわれると、あたかもオチョクられているような気分になるから不思議である。助手はたんに、口先で適当なことをいってその場をやりすごそうとしているのかもしれないし、あるいは、「マリアナ海溝より高く、チョモランマより低い」といおうとして間違えたのかもしれない。だが、「チョモランマより高い人徳」という部分が当たっているだけに、わたしの思い過ごしである可能性も否定できない。その場合に備えて、わたしは高徳の士らしく、それ以上追及せず、威厳をこめて立ち去った。

さくらさんは、人間を正しく評価する目をもっているだけでない。それを適切なことばで表現できる人だけでもない。さらにその上、正しいと思ったことはすぐに実行する人なのだ。これほど頼りになる人がいるだろうか。子分としてこの人に一生頼って生きて行こう。

このような依存心が、わたしの小さい胸に芽生えた。

しかし、何度か対談を重ね、わたしから詳しく話を聞いているうちに、さくらさんの攻撃目標は、まわりの人間に強く言えないわたしの態度へと移って行き、ついには、わたしが尊敬されないのも、もっともな理由があると考えるに至った。

こうしてさくらさんは、わたしを叱る多くの人間の仲間入りしたのである。

KENJI TSUCHIYA AND MOMOKO SAKURA

タバコのこと

*

TSUCHIKEN MOMOKOLLAGEN

ツチヤ　さくらさんは、健康にはこだわってますね。
ももこ　こだわってるっていうか、興味があるんです。一種の趣味ですね。
ツチヤ　趣味にしては変わってますけど、趣味なんですか。
ももこ　うん。趣味っていえると思う。自分が実験台なので、試せば効果が自分の体でわかりますよね。それがすごく面白いし、私、自分の精神面にも肉体面にも興味があるんですよ。自分の体が元気になることって快適なので、健康の研究をせずにはいられないです。
ツチヤ　まぁ、快適なのは誰でも好きだと思うんですが…。
ももこ　ねぇ。じゃ、なんですぐみんな研究をしないのかと思いますよ。
ツチヤ　研究みたいな面倒なことをするぐらいなら快適でなくてもいいやと思う

んでしょう。さくらさんはジョギングとか水泳とか運動はしないんですよね。

ももこ　ええ。運動なんかしないですよ。

ツチヤ　運動は面倒ですからね。健康のために運動をしたほうがいいとは思わないんですか。

ももこ　わざわざ運動しなくても、日常生活の活動で、十分体は動かしてますから。必要以上に筋肉に負担をかけないほうがいいと思うんですよ、今さら。もともとスポーツをやっていたんならいいかもしれないですけど。

ツチヤ　なんだか都合いいですね。しかもタバコは吸うんですよね。

ももこ　ええ、吸いますよ。

ツチヤ　運動はしない、タバコは吸う、昼夜逆転した生活をしている。これだけ不健康なことをしていて健康を目指してるとか言われてもね。

ももこ　でもこんなに健康ですよ。

ツチヤ　…結果的にはそうですよね。
ももこ　ねぇ。
ツチヤ　どうしてなんだろう。僕はタバコを吸ってないのに不健康だ。前はタバコを一日に50本くらいは吸っていたんですけどやめたんです。
ももこ　なんで。
ツチヤ　だって、健康に悪いから。こういうのに頼っているようじゃ、ダメだなとか思ったりして、これはもうやめたほうがいいって思ったんです。
ももこ　へー、そうですか。やめられたんならよかったですね。私はすごくタバコが好きだからやめようとは思わないです。
ツチヤ　僕だって、すごく好きでしたよ。やめようと思ったときも辛《つら》くて大変でした。死ぬ思いだった…。
ももこ　そんなに辛かったんなら、やめなきゃよかったじゃないですか。
ツチヤ　えっ？　健康になりたくないんですか？　もしかしたらタバコは健康に

いいと思ってらっしゃるんですか。

ももこ　私も、タバコの害のことは考えますよ。だから、こうしてタバコのフィルターにプロポリスの液をくっつけたりして、害を減らす工夫《くふう》をしているんです。

ツチヤ　姑息《こそく》な手段ですね。

ももこ　え、なんで⁉　姑息だなんて全然思わないですよ。だってこれでリラックスしますし、害も減ればいいじゃないですか。

ツチヤ　僕は禁煙をするからには、そういうふうな姑息な手段でタバコにしがみつくというのはみっともないと思うんです。きっちり、完全に断たないとダメだと思うんです。

ももこ　その辺がね、融通《ゆうずう》がきかない（笑）。吸うか吸わないかどっちかにするんなら、吸わないって決めたらスッパリすりゃいいのに、辛かったりしたんでしょ？　ちょっと吸いたいとか。そんなこと思ってるくらいなら、工夫すればいいんですよ。

ツチヤ　そうですか。…でも姑息でしょう。

ももこ　工夫と改善を重ねることが、どうして姑息なんですか。私は、いろいろ工夫して「あ、こうじゃなくてこうのほうがいい」って思えばすぐに変更したりします。その辺のこだわりは何もないですね。

ツチヤ　反省の色がまるでないですね。僕は、他のことはだらしがないけれど、タバコに関しては一応潔くやめたんですよ。僕と比べてご自分が情けないと思いませんか。

ももこ　やめたことに感心しろって言ってるんですか（笑）。

ツチヤ　そう解釈してくれてもいい。ほかに自慢できることがあまりないから。

ももこ　じゃ、言おうか。えらかったね。

ツチヤ　…なんかとってつけたように言われてもね。

ももこ　もっと？

ツチヤ　もういいっ。さくらさんはなんでタバコをやめないんですか。

ももこ　すっごく好きだからです。これが吸えなくなってストレスたまるぐらいだったらそのほうが健康に悪いですもん。

ツチヤ　健康のためにタバコを吸ってるんですか。でも、普段そんなにストレスたまります？

ももこ　タバコを吸えなくなったら、タバコを吸いたいというストレスがたまります（笑）。

ツチヤ　そんなことを言ってたら、やりたくないことはすべてストレスがたまるからやらない、という自堕落な人間になるだけです。結局やりたくないことはしないということですね。僕だって、すごく好きだったのをあえてやめたんだ。

ももこ　じゃあ、やめなきゃよかったじゃないですか。

ツチヤ　そう、やめても健康にならないしね。何のためにやめたんだか。でもそういう何にもならないことをあえてやるところに人間の尊厳がある、と考えざるをえません。さくらさんは健康を目指しているはずじゃなかったんですか。

ももこ　そういうこと抜きに、もうそういうこと以前に好きだったんです。ツチヤ先生とは、タバコに対しての好き度の違いがあると思うんです。もう、工夫でもなんでもして吸いたいですから。

ツチヤ　じゃあ、健康よりもタバコのほうが大切なんですか。

ももこ　ええ。このタバコを吸うために健康を研究していると言ってもいいくらいです。好きだと思ったらきっちり好きなことをするために努力しますね。

ツチヤ　そのタバコのためなら死んでもいいくらいに好きなんですね。

ももこ　だから死ぬのがいやだから工夫してるんだって言ってるじゃないですか。

ツチヤ　ああそうだった。すみません。なんかインチキくさいな…。

KENJI TSUCHIYA AND MOMOKO SAKURA

健康について

*

TSUCHIKEN MOMOKOLLAGEN

ツチヤ　さくらさんて、カゼを三時間で治したことがあるんですよね。

ももこ　うん。熱が39度ぐらい出たんですけど、プロポリスとニンニクとショウガ湯とカゼ薬を飲んで、布団《ふとん》に入ってダ——ッと汗かいたら治っちゃったんです。

ツチヤ　それ、エッセイで読んだんですけど、すごいなと思って。

ももこ　すごいでしょう。

ツチヤ　嘘《うそ》みたいな話だけど、さくらさんは嘘をつくように見えないから、信じてしまいます。それにさくらさんの健康法って、健康食品を飲んだりするだけだから、簡単でいいですよね。僕にもやれる、と思えます。それなのに劇的な効果があるんだから、試してみようと思って、僕もこのまえからプロポリスを飲み始めたんですよ。

ももこ　へー、それはいいことですね。

ツチヤ　でも、効果がまだわからないんじゃないんですけど。

ももこ　ちょっとしか飲んでないいんじゃないですか？

ツチヤ　成人の標準量を飲んでます。成人じゃないのかな？　僕が飲んでいるのは、液体のやつで。ものすごくドロドロしているんです。

ももこ　それ、インチキ物なんじゃないですか（笑）。私のはドロドロしてないですよ。サラサラしてます。

ツチヤ　僕のはドロドロでベトベトです。

ももこ　それぞれの今の人生を物語っている感じがしますねぇ。

ツチヤ　なんかやだなァ。でも僕のは、ベトベトだから有効成分を濃縮した高級なプロポリスかもしれませんよ。

ももこ　いいえ、くだらない混ざり物が多く入っている気がしますね。純度の低さを感じます。

ツチヤ　密度の高さを感じていたんですけどねぇ。せっかくさくらさんのマネをして飲んでいるのに元気はないし、本は売れないし、目に見える効果がないんだから…。

ももこ　今度、私の飲んでるやつをあげますから。

ツチヤ　え、いいんですか。さくらさんのは高いでしょう。

ももこ　高くてもいいんですよ。集英社に原稿料余計にもらうことにすれば。

ツチヤ　えっ、そんなことできるんですか。

ももこ　知らない(笑)。これを機会に初挑戦してみます。ツチヤ先生の体のことを想ってプロポリス代にあてるんだから、ちょっと原稿料を余計にくれって。

ツチヤ　そう言えば、イヤとは言えないですよね。人間として。

ももこ　ええ。イヤだと言ったら、ツチヤ先生の体のことはどうでもいいのか集英社はって言えばいいんですからね。

ツチヤ 「どうでもいい」って言われそうな気がする…。集英社の役に立ってないから。

ももこ これから役に立つのにって言ってやりゃいいんです。

ツチヤ この本で?

ももこ そう、この本で。

ツチヤ よかった! この本で損しても返せとは言わないという約束もとってくださいね。これで安心してさくらさんからプロポリスがもらえます。

ももこ そうそう、安心してもらってください。

ツチヤ こういうやり方をすれば、安心していろいろなものをもらえそうですね。米とかしょうゆとか。さくらさんはプロポリス以外にも、いろいろ飲んでらっしゃるんですよね。

ももこ はい。いろいろ飲んでますよ。20種類ぐらい。

ツチヤ　20種類も⁉　すごい。健康補助食品というよりは、普通の食事のほうが補助になっているような感じですよね。

ももこ　そんな感じもしますね。普通の食事は、果物とか野菜が多いんですよ。玄米を入れた御飯をちょっと食べるとか。

ツチヤ　外食のときはちゃんと食べるんですか。

ももこ　ええ。外食のときはキッチリ食べます。肉や魚も。特に魚貝類は好きですしね。

ツチヤ　それをあえて普段は果物や野菜にしてるんですか。

ももこ　ええ。

ツチヤ　魚貝類を買うお金がないからではないんでしょうね。健康のためですか？

ももこ　ええ。健康のために。っていうか、果物や野菜って好きだから。でも、あんまり満腹になっておなかが苦しいというふうにはなるべく食べないようにしています。

ツチヤ　自制してらっしゃるんですか。ちびまる子ちゃんのイメージが壊れるなァ。

ももこ　だって、そのほうが体が楽じゃないですか。

ツチヤ　それじゃ、食欲におぼれたり、それ以外の欲におぼれるということはないんですか。

ももこ　あんまりないかもしれないですね。

ツチヤ　例えばテレビなんかをついつい漫然と見てしまうとか。

ももこ　ないですね。欲というか、私あんまりいろいろなことに興味がないんですよ。いろいろなことに興味があるように思われがちなんですが、仕事柄ね。でも別に何かをすごく深く掘り下げてみようとかって思わないんです。宝石みたいに、単純にキレイだったりするような、わかりやすいものは好きですけど。

ツチヤ　それじゃ哲学はきっとお嫌いですよ。お好きなものを集めたりしますか。

ももこ　ムリのない範囲でね。でも、マニアックにどうのこうのというのはないですね。何かを必死で集めるとか、コレクションしなければ気が済まないとか、そういうふうな感じじゃないんです。適当に集まればそれでうれしいし、苦労したくないんですよ、いろいろ。

ツチヤ　苦労したくないところはちびまる子ちゃんらしいですね。ドラマや映画に夢中になることは？

ももこ　ないですね。ドラマも映画も音楽も本も何もかも、特別な興味は全然ないんです。全部適当。

ツチヤ　適当なところもちびまる子ちゃんだ。ファッションは？

ももこ　自分に合うものを見つけたときに買いたいと思うだけで、そこのブランドのものがどうしても欲しいとかそういうのは全くないです。自分に似合わないものを着ていてもみっともないじゃないですか。そういうのは避けたい。で、合うものは適当に旅先とかで買ったりするだけなので、必要以上に興味がないんです。

ツチヤ　欲も出ないほど元気がない、というんじゃなさそうだし。死期が近いんじゃないでしょうね。僕は身体は弱くても執着だけは強いんです。さくらさんは執着がないんですかねぇ、いろいろなことに。

ももこ　あらゆることの興味が、あまり外に向けられていないとは思います。ただ、退屈な日々ではないんですよ。仕事場で仕事をしていたら、真剣に仕事をしますし、家族と過ごす時間も真剣に過ごしています。お母さんの肩を真剣にもんだり、息子のゲームに真剣につきあったり、父とお酒を飲みながら野球を見てワーワー言いながらジャイアンツを真剣に応援したり、おふろに入るときも真剣に入ってるんです。そんで、仕事場に戻ってもまた真剣に仕事しますし、少し休憩《きゅうけい》するときも真剣に健康の本を読んだりして、更に真剣にTVゲームをやったりして、それで眠くなって真剣に睡眠をとるんです。友達と遊ぶのも真剣に遊びますし、スタッフとも真剣に仕事の話をしたりして真剣に食事を楽しんだりしますね。だから、その都度《つど》何をしていても真剣なので、毎日充実していますね。

ツチヤ　僕も真剣に仕事を一日延ばしにしてますが、どうしても充実した感じがもてないんです。さくらさんはこだわりみたいなのがないんですね。

ももこ　そうですね。こだわりはないと思います。

ツチヤ　それじゃ、どんな人生が、どんな生き方が理想なんですか。どういうふうになるのが一番の理想なんですか。

ももこ　もうその都度、真剣に明るく楽しく生きていければいいんです。健康でね。死ぬまで。

ツチヤ　特にそれ以上のことはどうでもいいんですか。

ももこ　ええ。あとは家族やスタッフもみんな普通に元気で平和で、息子が不良になって家で暴れたりしなけりゃいいなとかは思ってますけど。ヒロシとかもボケずにね。

ツチヤ　ボケてもボケなくてもあまり変わりないかもしれませんよ。それにしても欲がないですね。何かやってやろうみたいなことは？

ももこ　ないです。その都度、なりゆきや思いついた仕事を地道に真剣に取り組んでゆこうと思っているだけです。

ツチヤ　それだけ執着がないからくよくよしないんでしょうね。

ももこ　性格的なこともあると思いますが、くよくよしないタチで自分的には楽ですね。もがく期間が非常に短いほうだと思うんですよ。そしてそれは、21世紀になってますます強まったんです。

ツチヤ　そうですか。

ももこ　ええ。何ももがいていない、全部手放した感じになってますね。

ツチヤ　すごい。えらいなァ。

ももこ　えらくはないですけど、いいでしょう、ちょっと。

ツチヤ　すごくいいですよ。僕なんて、どん底というのが定着した感じです。
ももこ　やなもんが定着しましたねぇ（笑）。
ツチヤ　定着するのはロクでもないものばかりです。怠《なま》け癖《ぐせ》とかもがき癖とか。さくらさんとどこが違うんでしょうか。健康度でしょうか。
ももこ　それはあると思いますね。体が丈夫だと、少しぐらいのことでは全くなんとも思いませんから。何かやなことがあっても、ヘッと思って鼻で笑って終わりですよ（笑）。
ツチヤ　いいなー。僕なんか鼻タレちゃう。
ももこ　カッコ悪いなァ。
ツチヤ　さくらさんも健康にはこだわっていらっしゃるように思えるんですが、もし病気になったらどう思いますか。
ももこ　病気になったらすぐ治そうと思います（笑）。
ツチヤ　僕と同じだ！（笑）ただ僕と違って、ほとんど自分のやり方で治していらっしゃいますよね。今までのところは。

ももこ　ええ、わりとそうですね。

ツチヤ　前に、飲尿のことをエッセイに書かれていましたが、アレは今はもうやってないんですか。

ももこ　ええ、今は他の健康法に切り替えているので、もうやってないんですけれど、でもアレは、決して悪くはないと思いますよ。悪くないどころか、とても良く効く健康法だと思います。あらゆることに良く効くと思いますね。

ツチヤ　じゃあ、なんでやめたんですか。

ももこ　味です。

ツチヤ　…………。

KENJI TSUCHIYA AND MOMOKO SAKURA

ツチケンの
選択

*

TSUCHIKEN MOMOKOLLAGEN

ツチヤ　よく、例えばホームレスの人を見てああいう何ものにもとらわれないような気楽な生活をしてみたいなと言ったりすることがありますよね。

ももこ　私は軽はずみにそういうふうなことは言わないようにしていますが、たしかにそういうことを言う人はけっこういますね。

ツチヤ　か、軽はずみですよね…。実は、今まで隠していましたが、僕は軽はずみな男なんです。よく、ホームレスになってみたいとか、山奥で木こりの生活をしたいとか、軽々しく考えるんです。「木こり」が何をする人なのかも知らないのに。でも、「じゃあ本当にキミをホームレスにしてやる」とか言われたら、たぶん断ると思うんですよ。

ももこ　そうですね。本当になりたかったら家から出ていけばいいだけですから、まだホームレスになっていない人達というのは、本当にはホームレスになりたくないんでしょうね。だから私はそういう軽口を叩《たた》かないようにしているんです。

ツチヤ　慎重ですねぇ。ちびまる子ちゃんじゃないみたいだ。よく、鳥になって空を自由に飛びたいという人がいますよね。軽はずみな人が。その人に神様が「じゃあ鳥にしてやる」と言ったら、その人は断ると思うんです。ミミズなんかを食べなきゃいけなくなるんだし。つまり僕が言いたいのは、「望んでいる」とか「なりたい」と言っても、本当に望んでいるとはいえない場合があると思うんです。これと同じ例かどうかわかりませんが、精神分析のフロイトが挙げている例だと、長年切望していた地位についたとか、ずっと想っていた相手と結ばれたらさぞ幸福だろうと思うんですけど、実際には、そういう願望がかなったとたんに、ノイローゼになることがあるらしいです。だから「こうなりたい」と思っていても簡単な場合ばかりではないと思うんです。さくらさんはホームレスがちょっとでもうらやましく思えることがありませんか？

ももこ　うらやましいというか、ホームレスになりたくて、なってやるぞという割り切りのうえで楽しく生きている人に対しては生き生きとした力強さを感じますよね。割り切りがあるかないかということって、すごく大事だと思うんですよ。選択したことに後ろを向かないという。そういう気合いはホームレスをするうえでも大事だと思うんです。そういう生き生きとしたホームレスばっかりだったら、本当にホームレスになろうかっていう人がもっと増えるんじゃないでしょうか。まだ多くの人が思い留《とど》まっているのは、そういう生き生きとしたホームレスよりも、オレは本当はこんな人生になりたくなかったのにやってるんだっていうホームレスのほうが多いからかもしれませんね。

ツチヤ　力強くホームレスをやっている人はあまりいないでしょうね。やるんなら、徹底してやれ、ということですね。ホームレスになるにしても、大富豪になるにしても。

ももこ　そうです。こう決めたらもうこれはきちんとやりますっていうふうにすると、気持ちがいいじゃないですか、やってても。

ツチヤ　でも、たいていの人は自分の選択でよかったのかどうかって、みんなそれで悩んでると思うんです。そうやって悩みながら一生を終えています。

ももこ　悩んでるわりには、結局またそれを繰り返したりするんですよね。

ツチヤ　ええ。同じ失敗を繰り返すんです。そして失敗するたびに同じ反省を繰り返します。

ももこ　繰り返しても仕方ないですけど、いい加減で気づいたほうがいいんですよ。本当に懲《こ》りたほうがいい。

ツチヤ　その通りです。いいかげん懲りたらどうなんだっ、と僕に言いたいでしょう？　いつも自分にそう言ってるんですが、懲りないですねぇ。自分でも本当にバカだなって思ってるんです。そう思いつつ、同じ誤りを繰り返しているんだから、つける薬がありません。

ももこ　失敗したりある程度繰り返すことがあったりするのは仕方のないことだと思うんです。失敗する場合というのは、初めから失敗をしようと思ってするもんじゃないですから、シチュエーションが変われば、また違う体験に巻き込まれてついつい結果的に同じような失敗をしてしまったということがありますよね。でも、失敗をしたらその都度それによって何を学習したのかということをつくづく考え、その失敗がもたらした自分への意味というものを更に考えることが大事だと思います。そして、必要ならばその失敗に対する対策や改善の見直しをはかるべきですね。そういうふうにしてゆくと、失敗もまたオツなもんだと思えたり、繰り返さないように気をつけようと思ったりして、悩む人生よりもいい気分の人生が送れると思うんですけど。何かよくわかんなかったって悩みながら死ぬより、ああ面白かったって死ねることを私は望んでいるんで、生きている段階で明るい方向性の考え方を常に選択してますね。

ツチヤ　おっしゃる通りです。ほとんどの人は、そういうことが頭の中ではわかっているし、そうなりたいと願っているし、不幸や苦しみがなくなってほしいと望んでいると思います。僕もそうなんです。でも奇妙なことに、不幸だとか苦しみだとか悩みだとか、そういうものが全くなくなってしまうのをむしろ恐れているような生き方をしているんじゃないかと思うことがあります。

ももこ　それは、そういうほうが好きなんでしょうね、ツチヤ先生は。

ツチヤ　でも自分では不幸や苦しみは本当に嫌いなんです。実際に不幸なことが起こるたびに、不幸から逃れたいと思っているし。でもホームレスになりたいというのと同じで、本当に不幸から逃れたいのかどうかアヤシイような気がするんです。何か不幸の種っていうか、悩みの種を探しているようなところもあるんじゃないかと思います。

ももこ　そういう人もいますよね。

ツチヤ　軽はずみよりもっと悪いですよね…。誰かが言った言葉なんですけど、人間は食べ物がないと食べ物のことで悩む。それが満たされたらセックスに悩む。それも満たされたら死について悩むとかっていうふうに言ってて、結局悩みとか不満とかっていうものは、たとえ解消されたとしてもまた新しく見つけてしまうんですよ。人間って、悩みや不満が好きじゃないかと思えます。みんながみんなそうじゃないかもしれないけど、多くの人にはそういうところがあると思うんです。少なくとも一人や二人はそういうところがあるのではないか…だんだん後退してますけど、たいていの人は頭の中ではたしかに幸福な生活がいいとか、楽しい人生がいいとか思っているんです。そういう人生になればいいなって真剣に思ってるんですけど、ホームレスになりたいというのと同じで、本心から望んでいないところがあるように思えるんです。むしろ、不幸になりたがっているとしか思えないような生き方をしているんです。これはいいとか悪いとかの問題じゃないんですけどね。

ももこ　そうです。いいとか悪いとかの問題じゃないです。何が正解だなんていえませんよね。個人個人でそれを選んで考えて生きているわけですから、悩もうが悩むまいがその人の学習になってると思うんです。

ツチヤ　学習になっていればいいんですけど……だから……えー、個人的には……。

ももこ　どうしたいんでしょう？

ツチヤ　実は何も学習していないんですけど、たぶん学習したくないんだと思います。学習できなくてよかった、と思ってホッとしているような気がします。

ももこ　でしょうね。なんだかんだとうだうだ言ってても、こんなにいろいろ考えてるツチヤ先生がそれを選んでいる人生なんですから。

ツチヤ　それならまだいいんですけど、この状態を自覚的に選んでいるんじゃないんです。知らず知らずのうちにこうなってしまったというか、転がり落ちてこうなった、という感じです。さくらさんのようにきっちり選択する生活が理想なんです。でも、それができなくて、いつも挫折《ざせつ》してるなって思うんです。

ももこ　私だっていろいろありましたよ。それに、目指していただけるほどの立派な生活じゃないです。あんまり目標みたいなことを決めずに、ムリのないところでおおらかに生きてるだけですから。

ツチヤ　たしかにさくらさんは子供の頃からムリとかがまんとか反省とかが一切ない生活を貫いてこられましたよね。なぜか立派に成長して僕よりはるか高みにいらっしゃる。

ももこ　えっ、高み!?　何言ってるんですか。こういう性分だというだけのことです。自分にとって心地よい方向の選択をするというだけのことなんで、個人の選択っていうのは言ってもどうしようもないことですから、もしそれが嫌でもそれを選択してるんだったら、それで何か学習すればそれもその人のためになるし、何も学習することがなかったら、ムダな選択だったねということを学習したねみたいなことで、しょうがないですよね。

ツチヤ　しかも、ムダな選択だったということすら学習してないですからね。そうとうオロカです。でも人間というものは、そういうもんではないかとも思うんです。

ももこ　は？　じゃ、どういうもんなんでしょうか結局。

ツチヤ　僕もそうですけど、多くの人は、だらしなさとか情けなさというものからどうしても抜けきれないんです。僕は、そういうものをエッセイに書いたりしているんですけど、自分でも、可笑《おか》しいんですよ。本当になんて情けないオロカ者だろうと思って。だからと言って、開き直っているわけじゃないんですよ。もっとちゃんとした生活をしなきゃと思って目指してるんです。新年になると必ず「今年こそはちゃんとした生活をして真人間になる！」と、毎年決意しています。そうやって日々悩んでるんですけど、うまくいかないんです。それでまた悩んだりする。でも、ふと気がつくと、そうやって悩んでいるところがね、可笑しいんですよ。笑っている場合じゃないかもしれないけど、笑ってしまう。どうにもならないから笑うしかないのかもしれませんが。でもとにかくそういうところが自分でも面白いんです。そういう面白さは、さくらさんもいろいろ書いてらっしゃるからよくおわかりだと思いますけど。

ももこ　面白味はあるんですよね。ただそれが本人的に心地よいかどうかっていうと。

ツチヤ　心地よくないんですよ（笑）。でも、もしもみんなが「ホームレスになってみたい」なんて軽はずみなことを考えないで、本心から望んでいることしか望まないとしますよね。そして望んだことをきちんと選択して迷うことがないとしますよね。みんながそうなったら世の中面白味がなくなると思うんです。だから僕は最後の一人になっても、軽はずみと苦悩に満ちた生活を送る必要があると考えています。というのはウソです。なんの考えもなく、軽はずみと苦悩に陥っているんです。簡単に言うと、全部すっきりしてしまうのが好きじゃないんですね、おそらく。

ももこ　私は、すっきりしたほうが好きなんです。ただ、人間生活をしていると、地球に生まれてきたことっていうのはいろいろ不便なこともあるんで、どうしたって何か問題があるわけですよね。それはくじけないで対処したり、改善の方向を選ぶっていうファイトが、私はわりかしあるほうだと思います。

ツチヤ　そういうファイトをさくらさんの十分の一でいいから、それ以上はいらないから（笑）、身につけたいなぁ。

ももこ　でも、悩むのが好きなんでしょ、面白いから。

ツチヤ　いや、好きなわけじゃないんです。ただ、全部すっきりしてしまうのを避けよう避けようとする気持ちがどこかにあるんです。

ももこ　うんこを少し腹の中に残しておきたいタイプですか。

ツチヤ　どうやったらうんこを少し残せるのかわからないんですが、そうなんでしょうか。

ももこ　常に便意をちょっともよおしているのが快感なんでしょうね、それが面白いなんて言って。

ツチヤ　僕の言ってきたことを、何もうんこにたとえなくても…。

ももこ　あたしゃそんなのイヤですけど、ツチヤ先生がそれを選んでいるのなら、人の便意の好みまでいちいち口出ししませんよ。たとえそれが宿便となって、長い年月腹の中にたまっていようとも。

ツチヤ　僕の人生って、宿便だったのか…。

KENJI TSUCHIYA

さくらさんの仕事場

*

TSUCHIKEN MOMOKOLLAGEN

さくらさんの仕事場を見せていただいた。ご家族がいるお宅から近いところにある一軒家だ。中に入って驚いた。想像していたのとは大違いだった。まず、部屋ごとにまったく雰囲気が違う。純和風の茶室のような部屋もあれば、ロココ風、アール・ヌーボー風、アール・デコ風、マニエリスム風、モダニスム風と多彩である(こんなに部屋数はなかったかもしれない。なお、ロココ風、アール・ヌーボー風、アール・デコ風、マニエリスム風、モダニスム風などと適当に書いたが、どんなものなのか見当もつかない。読者にもっともらしく思えたら幸いである)。

どの部屋も、壁や床や窓や照明やドアの形に至るまで、細かいところまで神経がいきとどいていて、ドアを付け忘れているような箇所も見当たらない。印象を一言でいえば、どの部屋もそれぞれのスタイルで完璧《かんぺき》に洗練されている。

さらに驚いたことに、家具や窓の形状からタイルの模様やドアのノブに至るまで全部、さくらさんが細かく指定したというのだ。リビングにあるガラスのテーブルも、ちょうどいいサイズがなかったので特別に注文して作ってもらったものだという。さくらさんは立派にインテリアデザイナーとしても成功すると思う。

もしわたしが自分の家を建てることになったら、タイルの形や模様にまで細かく注文をつけるなど、絶対に不可能だ。たんに「天井をつけるのを忘れないように」とか「壁もドアもどこもかしこもカッコイイものに」といった指定しかできないだろう。実際、自分の家の玄関の床の色と材質を思い出そうとしても、思い出せない（自分の家の間取りも書けない）。つくづくインテリアデザイナーにならなくてよかったと思う。

それに比べ、さくらさんの美意識はどこまでも細かい。同じ人間でもこうも違うのかと思う。ピカソは、普通の人よりはるかに細かく色の違いを識別していたといわれているが、芸術家というものは、細かい違いにこだわるものなのだ。その点、わたしも百九十八円と百九十七円の違いにこだわるから、多少、素質はあるのではないかと思う。

さくらさんの仕事部屋は、明るくて、キャシャなテーブルがいくつか置いてある瀟洒《しょうしゃ》な部屋だった。フランスのファッションモデルが住むような部屋だ。わたしの想像とまったく違う。正直に言うと、こういうシャレた洋室の仕事部屋だとは夢にも思わなかった。

もっと正直に言うと、仕事部屋は和室で、畳の上に扇風機が置いてあり、窓際の座卓に向かってハチマキ姿で仕事をしておられるのかと思っていたのだ。

叱《しか》られることを覚悟で、もっと正直に打ち明けよう。たしかに、さくらさんが子どもの頃、自分の部屋や家を作る夢をもっておられたのは、エッセイなどで知っていた。しかし、どうせ八百屋の娘がやることだ。わたしの家も商売人だったから分かるが、インテリアや設計にこだわる余裕もセンスもないはずだ。子どもの頃の夢を実現させたといっても、外装はお菓子でできたような派手な宮殿で、中の仕事部屋は、四畳半の畳の部屋にちゃぶ台が置いてあって、せいぜい整理ダンスの上にこけしを並べてカーテンが花柄になっている程度だろう。こう思っていたのだ。

さらに驚いたのは、この家は、わたしの家と違って、どの部屋も整然と片づけられていたことだ。普通の家と違って、どの部屋も衣服やリモコンや書類や雑誌や新聞や請求書や手紙が散らばっていないのだ。わたしの家のように、食卓の上に何ヵ月も同じ雑誌や領収書が置いてあり、ソックスが食卓の下と風呂場の前に片方ずつあったりするといったことが絶対に起こりそうにない家だ。もちろん、どこを見ても塵《ちり》一つない。わたしの家で塵のないところといえば、水道管の中ぐらいだ。もしこういう家に住んでいたら、一日中掃除をしていなくてはならないだろう。

それを心配すると、さくらさんの話では、掃除をする人に頼んでやってもらっているという。それを聞いて安心した。わたしはつねづね、さくらさんのような才能のある人は、掃除や料理などの家事をするべきではないと思っていた。さくらさんは漫画やエッセイに専念すべきであって、家事は一切すべきではない。とくにまずい食事を作ったり着られないセーターを編んだりするのに時間と労力を費やすべきではない。食事もすべきでないぐらいだ（あまり強調しすぎると、何よりまず、わたしとの対談をすべきでない、ということに気づかれそうだから、何も言わなかった）。

実際、さくらさんのお話によれば、現在、カスミを食べて生きているといってもいいほど、果物と野菜を中心にした貧しい食生活を送っておられるという。貧しくて肉や魚が買えない人と内容的には同じ食事である。ただ、わたしが一緒に食事をさせていただいたかぎりでは、さくらさんは、少なくとも外食では、肉でも魚でもむさぼるように食べておられた。日頃の食事で欲求不満がたまっているのか、日頃からこういうものをむさぼり食べておられるのか、どちらかとしか思えない。しかし少なくともさくらさんの部屋を見るかぎり、わたしの家のように壁やテーブルが油まみれになっている様子はなかった。

とにかくこれまで一度も見たことのないような種類の家だった。わたしの家とは何もかも違う。こういう環境の中でヒット作が作られているのだ。わたしは、家に帰ったらまず、食卓の上にずっと置きっぱなしにしている電気ドリルを片づけようと心に誓った。

KENJI TSUCHIYA AND MOMOKO SAKURA

選択とバランス

TSUCHIKEN MOMOKOLLAGEN

ツチヤ　さくらさんてすごいなァと思うんですよ。
ももこ　どこがですか。
ツチヤ　例えば、テレビをだらだら見ないっていうこととか。
ももこ　ずいぶん地味なことに感心してくださいますねぇ。
ツチヤ　いや、すばらしいなと思います。僕はよく感心するタチなんです。どこかのおばあさんが毎日淡々と畑を耕しているのを見ても感心するし、猫がぼんやりしているのを見ても感心することがあります。自分が感心されないからでしょうか。
ももこ　あと、私の気にしない性格とかも感心していらっしゃるんじゃないですか。

ツチヤ　そうですそうです。よくわかりますね。くよくよしたり後悔するとかっていうこともあんまりなさらないでしょう。

ももこ　そうですね。あんまりしないですね。しょうがないじゃん、またがんばろうと思って終わりです。

ツチヤ　それに引きかえ僕なんか、原稿はギリギリまで書かないし、テレビはずっと最後まで…。

ももこ　見ちゃうんでしょうね。

ツチヤ　…ええ。本当にくだらないものを見ているんですよ。

ももこ　だらだらと。

ツチヤ　ええ、だらだらと。

ももこ　それ、エッチな番組なんですか。

ツチヤ　えっ…エッチな番組ならもっと真剣に見ると思うんですが、だらだら見ているんだから、とにかくくだらない番組です。通販の番組とか政治討論の番組とか。

ももこ　ふーん。

ツチヤ　で、さくらさんはそういうふうに、どうでもいい番組をだらだらと見たりするようなことはないんですよね。

ももこ　ええ。面白いと思うのは見ますけど別にどうでもいい番組は見ませんね。それならテレビを消して、何か他のことをするか、何もしないで眠るかのどちらかです。どうでもいい情報で、少しでも頭を使うのが面倒なんですよ。それなら好きなことを考えるか、休ませるかにしたほうが楽だと思うからです。

ツチヤ　安易な道を選んでるんですねぇ。僕はあえて苦難の道を選んでいると言えます。あまりにも意味がなさすぎるのが難点ですけど。テレビにしても、惰性で見ないほうがいいだろうなァと思うんです。それはわかっているのに、なんとなく見てしまうんです。

ももこ　うちの親なんかもそうですよ。ただ見てるだけですからね、テレビを。

ツチヤ　でしょ、それが普通です。正常です。たいていの人はただ漫然と見てるんです。

ももこ　そしてね、テレビに対して用事は全然ないんですよ。

ツチヤ　そうなんですよ。テレビのほうも特に僕に用事があるように思えないです。用事もないのにずっと見てるって、尊い行為というしかありません(笑)。

ももこ　それで、私も一応親になんでテレビをそんなに見るのかってきいてみたんですけど、やっぱりただ見てるだけって言うんですよ。で、テレビで得た情報を忘れてるんですよ。

ツチヤ　そうです。テレビを見ているうちに、最初からもっている情報まで忘れてしまう。

ももこ　全然意味ないんですね。

ツチヤ　そうなんです。時間をつぶしてるとしか思えないんですよ。

ももこ　そうとしか思えないですね。

ツチヤ　時間をつぶさなきゃいけないほど時間があり余っているわけじゃないのにね。たぶん、なんの意味もないことをしていたいんでしょうね。みんなわかってると思うんですよ。こんな生活をしていちゃいけないなって。

ももこ　どうだろう。うちの親なんて、特にヒロシは、これでいいと思ってると思いますけど。

ツチヤ　ああ、ヒロシはね（笑）。

ももこ　ねえ、ヒロシですから（笑）。

ツチヤ　僕は、これじゃいけないと思いながら見てます。ツチヤですから（笑）。ほとんどの人は、こんな生活をしてちゃいけないとわかっていながらなんとなくそういう生活をしている場合が多いと思うんです。で、僕もね、よくわかっているんですよ、「これが最善だ」と思って選んでいるわけじゃなくて、「これは最悪に近いな」と思いつつそういう生活を選んでいるんです。

ももこ　そうでしょうね。今、この瞬間に存在している自分の状況というのは、特殊なケースを除いては、すべて自分の選択によるものですから、誰のせいでもないわけです。

ツチヤ　特殊なケースというと？

ももこ　何らかの圧力による強制をうけたりして、自分自身に選択の余地がない場合とか。例えば幼い頃は親の強制で選択の余地がないことも多いですし、戦争してる国の国民なんかは選択の余地がないですよね、いろいろ。特殊なケースとはそういうケースです。

ツチヤ　妻が高圧的で逆らうことができない場合は入りませんか？

ももこ　それは離婚という選択があります（笑）。

ツチヤ　そういう選択があるというのがわかっていながら、なかなか実行できないんですよね、ほとんどの人が。離婚に限らず、先程のテレビをだらだら見続けるとか。

ももこ　自分が本当はどうしたいのか、もっともっと考えるべきだと思うんですよ。生活の細かいことまで自分の選択なのだということを意識しながら常に細かくいろいろ考えたほうがいいと思いますね。あの、アレ、ろうそくの火が消えるとどこにいくかっていう話あるじゃないですか、哲学で。

ツチヤ　ええ。

ももこ　ろうそくの火は、消えるとどこにいくかというより、ないんですよね。

ツチヤ　そうですそうです。

ももこ　あるかないかでしょう、アレって。

ツチヤ　アレってローソクの火のことですよね。ソレって、あるかないかのどちらかです。僕は火が消えたらどこにいくのかという問題自体が意味がないって考えたいんですよ。

ももこ　でも、今ある概念としては、存在があるかないかっていうことが最大の概念ですよね。で、ろうそくの火がついているか消えているかっていうのは、ついているか、ついていないかっていうだけですよね。

ツチヤ　ついているかついていないか、どちらかです。ついていると同時についていない、ということはありません。

ももこ　なんですよね。ついてるかついてないか。

ツチヤ　そうです。ついてないということは、火が存在してないんです。存在してないものについてどこに存在しているのかとは問えないですよね。

ももこ　だから、無というのは概念でしかないわけですよね。今ここに存在している以上、無というものは概念でしかないっていうことになりますよね。で、自分が考えてみると自分がいる以上は、いるっていうことだから自分が存在していないっていうことは概念でしかなくて、自分が成り立って関わっている世界が自分のすべてだとすると「我考えるゆえに我あり」ってことになるんだと思うんですね。哲学の先生にこんな話をするのもアレなんですけど…。

ツチヤ　こうなったら説教されついでだ。続けてください。

ももこ　細かい生活レベルでも全部そうじゃないかと思うんです。自分が考えてるからそうなっているっていう話だけで。自分がいなかったらそれはないことなんで、全部関係ないことですけど、ここに自分がいる以上、いないことは概念でしかないわけで、自分がいてしまうから、しょうがないから細かいことまで考えなきゃいけないと思うんですよ、生きるっていうことって。だから健康のことも考えなきゃならないし、その他のいろんなことも考えなきゃならないんですが、それは私が自分の存在を自覚して、自分の存在している世界を快適にしようという選択を、生活の中であれこれやってるだけなんです。

ツチヤ　ただ、ほとんどの人が、僕も含めていろんな選択の段階で迷ったりどっちつかずの状態になったりするんだと思うんですね。それでだらだらとしていると思うんですけど。

ももこ　それは、迷うということを選択の段階で選択しているんです。迷うことを選択するのが好きな人もいますよね。

ツチヤ　ええ、多いと思いますよ。僕もそうだし。でも、好きで選択しているというよりも、たんに迷いとか未決断とか宙ぶらりん状態になっているだけで、それを選択しているという自覚がありません。

ももこ　そうかもしれませんね。私自身に関していえば、選択しているという自覚をもつことは大切だと思っているんですけど。そのほうが、誤った選択をした場合の軌道修正もすぐにできますしね。自分がどういう選択をしているかということを、日常的にクリアにしていることが肝心だと思っているんです。

ツチヤ　ただね、僕の感じでは、ほとんどの人はあんまりそういうふうにクリアにしたくないと思っているような気がするんですよ。

ももこ　そうですかね。

ツチヤ　普通の人は、すべきことばかりやっているわけじゃありません。すべきじゃないこともするし、どっちつかずのままほったらかしにしたりしていますよ。毎日がすべきこと一色だったらつまらないような気がするんじゃないかと思うんです。例えば人生って、道を歩くようなもんだとしますね、それで自分の選択したところへ向かっているとしますね、だけど目的を目指して一直線、という人はあまりいません。いろいろなところへ寄り道したり、目移りしたりするわけです。健康も大事だけど甘い物も食べたいし、本当は運動したほうがいいんだろうけど何となく自堕落にしていたいとか、いろんなところへ寄り道をしたいんです。一直線じゃつまらない気がするんです。

ももこ　それをしたかったらバランスを考えるということをすればいいと思うん

です。バランスを考えることを俯瞰《ふかん》で更に考えるということをすれば、けっこうちゃんとできるんですよ、いろいろ。私はそれは日常のことなんで、自分の内面的なことも物理的なことも含めてのバランスを俯瞰で見て考えるようにしています。仕事をこんだけしたらちょっとゲームやろうとか。これは面倒くさいけど先にやっとこうとか。ムリをしないでできることをやるという選択を最近は好んでいますね。とてもシンプルな選択になってきていると思います。

ツチヤ　あれっ、ゲームもやるんですか。意外に一直線じゃないんですね。やっていることは僕たちと大して違わないけど、あれこれ迷わないんですね。

ももこ　そうですね。でも、バランスを考えてシンプルな選択をする毎日というのは、毎日毎日違うんで、毎日毎日自分自身がどういうふうなのかということを考えなきゃいけないんです。で、私は自分自身がどういうふうなのかということを毎日毎日考えるんです。で、私は自分のことを考えるのが好きなんです。好きというか、興味があるんですよ、自分がどういうふうなのかということに。そうすると、毎日の生活がすごく真剣になってくるんですね。真剣なんですよ、生きるっていうことに。そして、死ぬまでは真剣に生きていこうと思ってるんです。やっぱ、ムダに過ごしたくないじゃないですか、日々。そういう思いだけなんです。

ツチヤ　僕、今説教されてますか？（笑）つい、「すみません。これから改めます」って反省してしまいます。反省するぐらいだから、自分にヤマしいところがあると考えているんです。だらだらしないでもっときちんとやらなきゃいけない、ってわかっているのに、どうしてもそうできない。

ももこ　頭ではわかっていても、腹の底からわかってるわけじゃないんじゃないですかね。

ツチヤ　その問題なんですよ。わかるのは頭の中だけにして腹の底まではわかりたくないのかもしれません。腹の底からわかるってどういうことなのかっていうことが問題だと思うんですね。

ももこ　腹の底からわかるっていうことは、それを実行に移すっていうことだと思います。

ツチヤ　ということは、僕の場合、サボってしまおうとか逃げてしまえといったことなら腹の底からわかっているんですが、その逆が腹の底からわかってないんでしょうね。

ももこ　ええ。私もずいぶん長い間、わかっていなかったですよ。生まれてから20年間ぐらい、だらだらしてましたもん（笑）。だからお母さんにいつも言われてたんですよ、御存知のとおり。あんたはいつもだらしがない、最低だ、人生の落伍者《らくごしゃ》だって。

ツチヤ　（大爆笑）。

ももこ　ね、ひどいでしょ。人生の落伍者だなんて、小学生にむけて言うセリフじゃないですよ。

ツチヤ　ホントにね、小学生にねぇ、アッハッハッハ（涙流して笑う）。

ももこ　それで私も、最初はひどいこと言うよなァと思ってたんですけど、だんだん自分が人生の落伍者かもなー、なんて思ったりしてきたんですよ。

ツチヤ　小学生なのに（まだ笑っている）。

ももこ　ええ、小学生なのに。うちの母は手加減しないですからね。それで、いつも言われるたびに、ああそうかそうかって、私も母の言うことはいちいちもっともだなって思ってはいたんですけど、でもそれはしないんですよ。しっかりすりゃいいのにしないんですよね。しなかったっていうことは、腹の底からわかってないってことなんです。母の言ってることが腑《ふ》に落ちてないんですよ。で、一人暮らしをするようになって、初めて母の言っていることが腑に落ちてわかったんです。だらだらとだらしのない生活を送っていたら本当にだらしのない一生を送った人として終わるんだなァ、それってイヤだよなァって。だから、経験が伴わないと腑に落ちるきっかけがなくてわからないんですよね。小さいことでも経験がきっかけになってだんだんいろいろわかってくるんですよ。だから多くの人が言ってますけど、経験てまず大事で、次に底から理解することが本当に大事なんですよね。それがない人には、いくら言ったって腹の底からわかりゃしませんよ。でも一応言うんですよね、これがきっかけになってくれりゃいいかなと思って（笑）。

ツチヤ　ありがとうございます。これがきっかけになって真人間になれたらいいんですけど。ちょうどお母さんがさくらさんに叱った通りのことを、何の因果か今、さくらさんが僕に叱っているわけですね。人生の落伍者とまではおっしゃってないけど。そんなこと言われたら僕の場合シャレになりませんからね。あまりにもピッタリしすぎているし、このトシで人生の落伍者と言われてもねぇ。人生の落伍者だと言われるなら小学生のときが一番いいのかもしれませんね。お母さんも、きっかけになってくれりゃいいと思って小学生のさくらさんに人生の落伍者とまで。

ももこ　…まあね。言いすぎかもしれないというバランスを考えたうえで言葉を選択してほしかったと思いますよ、あたしゃ。

KENJI TSUCHIYA AND MOMOKO SAKURA

子供時代

*

TSUCHIKEN MOMOKOLLAGEN

ツチヤ　さくらさんは、小学校三年生の頃の話とかよく書いてらっしゃいますけど、ああいうのはっきり覚えてるんですか。

ももこ　そうですね、はっきり覚えていることも少しはありますが、断片的な記憶がほとんどです。でも、母からは毎日同じことを言われてて怒られていましたから、それはよく憶《おぼ》えてますね。セリフの言い回しもかなり正確に憶えています。それに伴う自分の感想もよく憶えてますよ。

ツチヤ　その記憶力もすごいけど、『ちびまる子ちゃん』やエッセイに書かれているようなことを、ホントに考えている子供だったんですか。

ももこ　そうだったと思います。

ツチヤ　へー、まる子ちゃんて、かわいらしい女の子なのに、何か考えていることがすごく…。
ももこ　ドライですよね。
ツチヤ　そうなんですよ。こんな子がこういうへリクツを考えるのかと思って、そのギャップがすごくおかしくて、こういう面白いキャラクターをよく考えついたものだと思ってました。実際にそんな子がいたなんて驚きです。
ももこ　わりと、冷めているところがあったと思うんですよ。すごく小さい頃から。子供らしい子供っているじゃないですか、「わーいわーい」とか言って騒いだりしてるような。そういう子供を見ると、ああいう子は子供らしくていいよな…と思っていたんです（笑）。だから、幼稚園のお遊戯《ゆうぎ》会なんてばからしくてやってられなくて、逃げたことがあるんですよ。
ツチヤ　えっ、に、逃げたんですか。
ももこ　ええ。しかも父兄参観会で。
ツチヤ　へー。

ももこ　4歳児のクラスのときだったんですけど、なんでこんなばからしいことを親に見せたりしなきゃなんないんだろうと思って、もう何もかもイヤになって逃げたんです。

ツチヤ　それで？

ももこ　それでずいぶん走ったんですけど、近所のラーメン屋の前でお母さんに捕まって「なんで逃げたのっ」と問い詰められたんですけど、ばからしいという言葉を知らなかったというのもあるんですが、もし仮に知っていたとしても、子供がそんなことを言うなんて、かわい気《げ》がないこともよくわかってたんです。だから何も言わずに黙っていましたね。そんな感じで、理由を言わずに黙っていることは他にもいくつもありましたね。

ツチヤ　僕だって何も言わずに黙り通すことはあります。妻に問い詰められたときとか、学生の質問に答えられないときとか。でも子供の頃、ばからしいと思ったことは一度もありませんでした。だいたい、幼稚園のお遊戯なんて一生懸命やろうと思ってもできなかったんです。ものすごくボーッとしていて（笑）。時計も読めなかったんです。近所の子がみんな読めてるのに。それでオヤジが怒って、家を追い出されたこともあります（笑）。さくらさんの子供時代と違って知能程度は犬以下だったと思うんですよ。たぶんバッタ程度だったと思います。ボーッとしていて、ほとんど何も考えてなかった。

ももこ　でも今は考えなくてもいいことまで考えるようになったんだからいいじゃないですか（大爆笑）。私の子供時代は、そんな感じで冷めていたんですが、だからって別に生意気だったりやたらと大人びた態度をとったりするようなことはなかったんですよ。どちらかというとモタモタした様子で、外見ははにかみ屋に見えていたと思います。「はにかみ屋さんでかわいいわね」なんてほめられたことまでありますから。実はただ単に黙ってすごく冷めていただけだったりしたんですけど（笑）。よくないんです。ホントによくない子供でした。

ツチヤ　子供は純真だというイメージが壊れるなァ。男の子と女の子の違いもあるんでしょうかね…。

ももこ　それもあると思います。

ツチヤ　男子って、ボーッとしていますよね。

ももこ　それかやたらと明るいとかね。ワーワー言ってる奴とか。

ツチヤ　そうですよね。犬のほうがまだ節度があります。どちらにしても、何も考えてない。男の子ってどうしようもないです。大人になっても同じですけど…。学生にきいてみたんですよ。学生はもちろん全員女です。「キミら、子供の頃、さくらさんみたいに、親や先生なんかに対して批判的なものの見方をしていたか」って。そしたら、していたと言った学生は少数でした。だから、女の子がみんなそうだというものでもないんでしょうね。

ももこ　男女の差というより、個人差でしょうかね。

ツチヤ　参考までに言いますと、批判していたという学生は、どちらかというと一筋縄ではいかないというか、ひねくれたというタイプの学生でした。

ももこ　私は、ひねくれてたわけじゃないんです。ただ単に冷めていたということなんです。ろくでもないことをしているのを見たりすると、どうだろうなと思って黙っているとか…（笑）。だから、小学校のときはあんまり目立たないほうでした。目立つのが好きじゃなかったと思います。

ツチヤ　でも、面白い人という存在だったと何かに書かれていましたよね。

ももこ　そうですね。話せば面白いことを言う人。でも、わざわざ手を挙げて授業中に面白いことをするとか、そういうことは全くなかったです。

ツチヤ　そうですか。僕は、小学校四年の頃はものすごく面白かったんですよ。クラスの人気者で、そのときが人生の絶頂期なんです（笑）。その後ずっと下り坂でどんどん悲惨になる一方です。

ももこ　ピークが小学校四年って、後の人生が長いだけに辛《つら》いもんがありますね。

ツチヤ　…そうなんです。かといって後の人生が短くても辛いもんがあります。ところで、子供の頃から作文は得意だったんですか。
ももこ　他のものと比べては得意なほうでした。
ツチヤ　絵も？
ももこ　絵と作文だけは。他のものが全然得意じゃなかったんで…。
ツチヤ　得意な絵と文章を集中してやっていたんですか。
ももこ　集中っていうか、絵は好きだったし文章も苦手じゃなかったんです。たまたまそれが賞状をもらえるジャンルだったんで、けっこう賞状はもらいましたよ。これが算数だったり社会だったりすると賞状はもらえないじゃないですか。だから得したなァと思いましたよ、当時から。
ツチヤ　そうですよね。たしかに算数や社会ではなかなか賞状はもらえないですよね。才能が一ヵ所にまとまっていてよかったですね。
ももこ　そうそう。ホントにそれの延長で、絵と作文が活用できる職業になってよかったです。

ツチヤ　小学校の頃から、今みたいな感じの文章でしたか？

ももこ　いやいや、そんなことないですよ。小学校の頃はまじめな文章を書いてました。すごく。

ツチヤ　わりとカッコつけて書いてました？

ももこ　そうです。こういうふうに書けば先生や親が感心するだろうっていうのをよく心得ていたんで…（笑）。

ツチヤ　手にとるようにわかるんだ、大人の考えることが。

ももこ　ほめられることに関してはね。ちょっとこんな言い回しを使ったらほめられるんじゃないかみたいなことはビシーッとわかっていました。賞状をすぐもらって、あんなもんでこんなもんか、どんなもんだって（笑）。

ツチヤ　すごい！　僕はいまだに大人や子供の考えていることがわかってないです。さくらさんはすごく要領がよかったんですね。

ももこ　ろくなもんじゃないですけどね。自分の心でホントに思ったことじゃないことまで書くわけですから（笑）。

ツチヤ　でも立派ですよ。そういう知恵があるぶん。僕も、作文とか日記、全部オヤジに書いてもらってたから心にも思ってないようなことばっかり書いてました（笑）。今にして思えばアレ一読しただけで子供が書いた文章じゃないってすぐわかるんですけど、しかも、教養のない奴が書いたなって（笑）。それでも僕は「立派なのができた」と喜んでいたんですから、いかにボーッとしていた子供だったか。

ももこ　いや、でも私だって普段はボーッとしていましたよ。少なくとも外見はボンヤリしているように見える子供でした。すごく空想癖《へき》があったんです。だから授業は必ずきいてなかったんです。

ツチヤ　授業を必ずきいていないって、一体どんな空想をしていたんですか。

ももこ　例えば犬を飼ったらどういう生活になるだろう、とか。

ツチヤ　ああ、エッセイにも書いてありましたね。

ももこ　それとか、窓の外から富士山が見えたりする日は「立派だなー…」と思って3分間ぐらいジ――っと見ていたかと思えば「もしも富士山が爆発したら、一体どうなるんだろう…」とか考え出して、流れ出る溶岩や逃げまどう人々の様子を想像して苦悩したりするわけです。それで散々苦悩したあと、一段落してから焼き芋屋《や》《いも》の声がしたりするともう、焼き芋屋のことで頭がいっぱいになるんですよ。「今どの辺にいるんだろう。買いに行けたら何本買えるかな」とかね、そういうことを、ただ漠然ともう垂れ流しでず――っと考えていたんですよ。

ツチヤ　富士山の爆発から焼き芋まで。考えることが幅広いんですね。

ももこ　ええ。もっと、人類滅亡の危機や、地球崩壊から、自分ちのジュウシマツの卵のことまであらゆることを考えていました。将来、マンガ家になったらどういう生活を送っているのかなァという空想もよくしていましたし。

ツチヤ　もうその頃から、マンガ家を目指してらしたんですか。

ももこ　いや、目指していたというよりは、漠然とした夢です。何か、趣味の延長みたいな、チャラチャラした職業になりたかったんですよ。そうなると、自分の可能性としてはマンガ家ぐらいだったんですよね。

ツチヤ　子供の頃の夢が実現したんですね。そういう人はめずらしいですよ。僕なんか忍者になりたいとか、貧弱な身体なのに相撲取りになりたいと夢見てましたから(笑)。女の子はよく、お嫁さんになりたいというような夢を持ちますけど、そういう夢は全然なかったんですか。

ももこ　お嫁さんはなかったですね、全然。とにかくチャラチャラした職業のマンガ家が夢でした。もしマンガ家になれたら、毎日マンガを描いてりゃいいんだ、とか。あと、自分の本が出たりするんだ、いいなー。ペンネームで本を出したりするのかな、一体どんなペンネームだろう、とかね。

ツチヤ　それで授業は必ずきいていなかったんですね。

ももこ　はい、そうです。

ツチヤ　先生や親から叱《しか》られませんでしたか。

ももこ　もちろん叱られました。特に母からはきつく注意されていました。「あんたは授業中に先生の話を何もきいていない。大事な話が何もきこえていないねっ」と言われて、そんなことないと思うけどなー、と思ってたんです。焼き芋屋の声だってきこえているんだから、先生の話ぐらいいつだってきこえていると思っていたんですよ。ところが、ある日急に先生に指されて「今言った話を言ってみろ」と言われて、全然きいてなかったんです。だから答えられなくて「きいてませんでした」と言って謝って、初めて自分が先生の話をきいていないというか、全くきこえてないことに気づいたんです。

ツチヤ　それで、反省したんですか。

ももこ　いえ、本当にきこえてなかったなーってビックリしただけです。もう、きこえてないんだということが自分でわかっただけでなんかスッキリして「焼き芋屋の声はきこえても、先生の声はきこえないなんて、そんなことってホントにあるんだ、しかも自分に」なんて思ってそれがおかしかったりして、そんで別に反省するわけじゃないからそれからもきかない(笑)。

ツチヤ　全く反省の色がなかったんだ。ホントに全然きいてなかったんですか。

ももこ　だから必ずきいてなかったって言ってるじゃないですか(笑)。更に、空想にも飽きてまだ暇だと、絵を描いて遊んでいたんですよ。ノートにね、マンガの絵を描いて。で、マンガの絵を描くのも飽きると眠るんです。だから、いつだって先生の話なんてきいてるヒマはなかったんです。何年間もムダなことを考え続け、らく描きをし、眠ってたの。そのムダの埋蔵量は莫大《ばくだい》なものだと思いますね。

ツチヤ　何か反省したということは、本当にないんですか。

ももこ　なかったんです。

ツチヤ　態度を改めたことも。

ももこ　しなかったですね。

ツチヤ　でも怒られたりしていたわけでしょう。それでも悪いと思わなかったんですか。

ももこ　悪いと思ってなかったんですよ。自分のラインで悪いことというと、万引きとか家で大暴れして物を壊すとか、人をブン殴《なぐ》ったりケガさせたりね、かつあげするとか、人にイジワルなことをするとか、そういうことをしなきゃ怒られる筋合いじゃないと思っていたんです。だって、授業中に居眠りをするなんて、ヒトが呼吸をするのとほとんど同じじゃないですか。誰にも迷惑かけてないですもん。

ツチヤ　すごいな。自分でそういう規準を設けていたんだ。すごくゆるい規準ですよね（笑）。

ももこ　ええ。ゆるゆるですけど。

ツチヤ　普通の子は、授業中にボンヤリするのは、いけないことだって考えると思うんですけど、いけないとは思わなかったんですよね。

ももこ　思ってなかったんでしょうね。さて次は寝るか描くか、どっちにしようかなっていう感じですから（笑）。

ツチヤ　勉強は選択肢に入ってないんだ。自分に甘いというか。

ももこ　ええ。他人にも甘いですけど、自分にも甘いですね。極悪じゃなけりゃ、悪くないというレベルですから。

ツチヤ　そりゃあ、ものすごく悪い子と比較すれば、自分はいいというふうに言えるかもしれないですけど、もっといい生徒もいるわけでしょ？

ももこ　もちろんいましたよ。

ツチヤ　いい子とは比較しなかったんですか。

ももこ　別だと思ってました（笑）。えらいよなーとか思ってただけ。自分がそういうふうになりたいとか、なれるとかって全く思ってなかったですね。

ああなりゃ親にも怒られないだろうなァとは思いましたけど、自分がそうなろうという気はさらさらなかったですね。

ツチヤ　親をナメてますね。僕も親に怒られてましたけど、怒られてもいいとは思いませんでした。どうしたら怒られずにすむかがわからなかっただけで、親をナメてなんかはいませんでした。親は僕をナメていたかもしれませんが。さくらさんは大人にホメられるコツはわかっていたはずですよね。あえてホメられようとしないで怒らせとくなんて、子供のくせに肚《はら》がすわってたんですね。その後もずっと今のままでいいと考えて生きてらっしゃったわけですか。

ももこ　自分てばからしいかもなー……とは思ったことも少しはありますが、しょうがないじゃないかと思ってました。こうしてばからしい日々を送っていられるのも、今だけかもなァ、なんて思ったりもしてましたけど、そのまま生きてましたね。

ツチヤ　こういうふうにしなくてはいけないんだけども、自分はどうしてもできない、というようなことはなかったですか。

ももこ　そりゃもう、いっぱいありましたよ。御飯を食べるのが遅いとか、朝寝坊をするとか。特に朝寝坊に関しては、母も手を焼いていました。自分でも、これはしっかり直さないといけないって思ってたんですけど、どうしてもダメなんですよ。目を覚まそうと思って目を開けようとしても、眠くて目が痛くて開かないんです。

ツチヤ　お母さんにひっぱたかれたりしても。

ももこ　うん。ひっぱたかれた痛みよりも、目を開けるほうの痛みのほうがまだ痛いみたいな感じで…（笑）。

ツチヤ　痛いのまで都合がいいなぁ（笑）。

ももこ　たるんでたんですよ。ダメですよね。今なら朝寝坊もしないのに。

ツチヤ　それはたんに学校や会社に行ってないからでしょう。でも原稿が遅れるようなことはないんでしょ？

ももこ　うん。遅れないですよ。

ツチヤ　じゃあ今はもうたるんでないんですね。でも、当時はたるんでることを悪いとは思ってなかったんでしょう？

ももこ　そうなんです。それで、お母さんにあまりにも毎日たるんでいることを指摘されていたので、とうとうある日言ったんですよ。私は今まで万引きも一遍《いっぺん》もしたことないし、家で暴れたこともないのに、そんなに怒られる筋合いはないって。

ツチヤ　とうとうソレ言ったんですか。万引きしなきゃたるんでないなんてそれ、親としてはどういうふうに答えたらいいかわかんないような鋭い反論ですよ。

ももこ　そしたら、「そんなもん、当たり前だ」っていう一言で終わったんです（笑）。

ツチヤ　すごい。お母さんも相当なものですね。

ももこ　でも、もし私が自分の息子に「オレは万引きとか他にもいろいろ悪いことしてないじゃないか。これ以上何か悪いか」って言われたら、悪くないよなーと思うと思うんですよ。たぶん絶対ごまかされますね。

ツチヤ　自分で考えた反論なんですから、ごまかされてる場合じゃないと思うんですが（笑）。

ももこ　自分自身が一番手ごわい敵ってとこですかね（笑）。

ツチヤ　でも、よくそんな反論を思いつきましたね。僕なんかも、親からいつもだらしがないとか根性がないとか、いっぱい言われていたんですよ。だけど、僕はこれでも自分はいいんだとかなんて、ちっとも思わなかったですよ。自分はなんてダメな人間だろうと思ってました。

ももこ　あっ、そうですか。でも、それのほうが全然見込みあるじゃないですか。人間としては（笑）。

ツチヤ　そうですよね。自分はまだちゃんとした人間になっていないと自覚できているわけですから。

ももこ　ええ、立派なもんですよ。だめだと思えばしめたもんです。

ツチヤ　だめだと思うところまではうまく行ったんですけど、いまだに立派な人間になっていないのが気になってるんです。単に悩んでただけだったような気がする…。さくらさんはずいぶん楽だったんじゃないですか。

ももこ　悩まないという点では楽でしたが、母から非難され続けていたので、それがうるさいという苦労はありましたね。母が寝るまで言われるんですよ、毎日。でも、悩めば言われなくなるっていうわけじゃなかったと思うので、どうせ言われるんなら悩まないほうが得だったから、よかったかも（笑）。

ツチヤ　お姉さんも、お母さんに小言を言われてたんですか。

ももこ　いえ、お姉ちゃんは普通に生活していたんで、あんまり言われてなかったですね。授業中に寝てもいなかったようだし、朝寝坊もしなかったたし、忘れ物もしなかったし。

ツチヤ　立派ですねぇ。

ももこ　立派じゃないよ、それが普通なんだってば。

ツチヤ　ああそうか。

ももこ　しっかりしてくださいよ（笑）。

ツチヤ　すっかりさくらさんの規準で考えてた。極悪人じゃなきゃいいんだって。お姉さんは小言も言われなければ、反論もしなかったんですね。

ももこ　お姉ちゃんは、お母さんに怒られても黙ってましたね、わりと。それはションボリして黙っているというようなかわいい様子ではなくて、無視してるっていう感じ。それもけっこう憎らしいんですけど、母とケンカにならずに済みますよね。

ツチヤ　賢いですよね。

ももこ　利口なところがあるんですよ、姉は。

ツチヤ　普通だというだけでも利口ですよ、お姉さんは（笑）。

ももこ　まぁね。一方私は、反論どころか更に図々《ずうずう》しく「ほめろ」とまで母に言ってやったことまでありますもん。

ツチヤ　ええっ!! ほめろって!?

ももこ　うん。私、テストの点数がだいたい60点から70点ぐらいだったんですよ。国語だけはもっとできたけど。それで、母に「いつも授業をきいていなくても、テレビばっかり見ていても、夜ふかししてても朝寝坊しても、なーんにもしなくて遊んでいたって60点や70点もとれるんだから、どうだ、たまには何もしないでそんなにできてえらいねって言ってみろ」って言ったんです。

ツチヤ　そしたら？

ももこ　100点とってから言えって言われて終わりでした。

ツチヤ　えらいっ。お母さんも大したもんだ。双方共に手ごわいなァ。

ももこ　そうなんです。決して勝てやしませんよ。

ツチヤ　さくらさんに対抗できるなんて、世の中にはすごい人がいるもんだ。さくらさんの言い分も、いちいち筋が通っている気がしていたんですけどね。

ももこ　ええ。私だって筋の通ってないことはいつだって言ってないと思うんですよ。お姉ちゃんのように黙って無視するなんていうひきょうなマネもせず、堂々と正論を吐いているんですけどね。

ツチヤ　…正論というにはあまりにも都合がよすぎる気がするんですが。

ももこ　親にしてみりゃ、やっぱり子供にはしっかりしてほしいっていう気持ちで言ってたんでしょうけど、言いすぎると子供のほうもどんどんヘリクツを思いつくということですね。

ツチヤ　親のせいで「ヘリクツを言うようになった」って言うところがヘリクツですよ。それにしてもヘリクツも思いつかなかった僕って…。

ももこ　いいんですよ、哲学者になったんだから（笑）。

あとがき

*

土屋賢二

わたしは以前からテレビアニメ『ちびまる子ちゃん』のファンだった。だから、さくらさんと話をするのは夢のようだった。それが本になるのも夢のようだ。

数回お目にかかって楽しく話をしたと思ったら、さくらさんが、あっというまに対談をまとめてくださった。とりとめのない雑談の中からまとまった対談を取り出すさくらさんの手腕は驚きだった。わたしなら五十年はかかっていただろう。

わたしはさくらさんとの会話を楽しみながらも、立派な人間に見えるよう最大限の努力を払った。だが、読み返してみると、自分の立派なところを見せることにはどうも失敗しているように思う。もっと悪いことに、本当の自分をモロに見せてしまったように思う。

後になって思い出したが、わたしは相手がいるとうまく話ができないタチなのだ。授業でも、学生がいるとどうしてもうまくしゃべれない（ためしに相手なしで話してみたら、それ以上にうまく話せなかった）。話上手のさくらさんを相手に力が出せるわけがない。まして、実際以上の力が出せるわけがない。

もしもわたしが対談をまとめていたら、自分が立派に見えるように脚色したところだ（脚色するのは簡単だ。発言の内容をさくらさんと入れ替えればいいのだ）。五十年かかっても、わたしがまとめたほうがよかった。

心配になってきた。対談を読んだ人は、わたしをどう思うだろうか。おそらく、さくらさんの目には、ただの感じのいいハンサムな男としか映らなかったのではないかと思うが、読者には、わたしがハンサムだということさえ伝わるかどうか疑問だ（実際にわたしを見てもなかなか伝わらないのだ）。

本書を読んだ人は、わたしよりずっと年下のさくらさんが、わたしにアドバイスし、わたしを叱《しか》り、指導しているような印象をもつかもしれないが、これはわたしの態度が謙虚なためである。

対談を注意深く読めば、さくらさんの態度の底に尊敬の念があるのがわかってもらえるだろう。もしわかった人がいたら、どこに尊敬の念が見えたか、ぜひわたしに教えてもらいたい。

さくらももこ

二〇〇〇年の暮れに、土屋先生とはじめてお会いした。私の文庫本に載せる対談のために青山の料亭まで来てくださったのだ。

私は、土屋先生とは会う前から勝手に気が合いそうだと思っていたし、感じの良い人じゃないかと思っていた。そしたらやっぱりとても感じの良い先生で、とても意気投合した。

その日の対談をしている最中に、「今度対談の本を作りましょう!!」という話になりまわりの編集者の皆さんも「作りましょう作りましょう」と騒ぎたて（その中には新福さんも在席。ツウな読者の皆様へ一応ご報告）、本当に対談本を出すことになった。

その後、２〜３回にわたり対談を行い、私と土屋先生のとりとめのない話が次々とテープに録音され、テープおこしの原稿枚数は莫大な量になって私の手元に届けられた。

はじめに私がそれをまとめ、次に土屋先生が加筆し、私がちょっとだけエッセイを書き、更に先生がけっこうがんばってエッセイを書いたりし、たまに電話でお互いの進行状況や確認事項を連絡しあって本ができていった。

本の中ではお互いに言いたい事を言っているが、私と土屋先生はとても礼儀正しく尊重し、励ましあっている珍しい関係だ。一緒に本を出すにあたり、なんの問題もなく楽しく仕事ができたことがとても喜ばしい。

土屋先生が大学の先生だから、ちょっと変な学術書みたいなイメージにしようと装丁の祖父江さんに相談し、イラストもその方向でいこうということになった。昔のヨーロッパの図鑑みたいなイラストがいいね、などと打ち合わせで決まったのだが、私も土屋先生もそんなものは描けない。しかし、土屋先生はもともとイラストをまかされてはいないので、困ったのは私ひとりだった。

困った私は、絵のうまい知人に助けを求め、手伝ってもらうことにした。絵のうまい知人は快く手伝いを引き受けてくれたのだが、私が手を入れた部分を見て落胆し「…この本のイラストを自分が手伝ったことは言わないで欲しい」とつぶやいた。

だが「手伝ってもらったんだからそういうわけにはいかない」と私が言うと、「それなら、『うんのさしみ』というペンネームで出しておいて」という希望を申しつけられたので、それに従うことにした。ちなみにうんのさしみという名前は、私が書いている『神のちからっ子の世界』という非常に地味なシリーズの中のキャラクターの名前だ。今後、うんのさしみさんとは一緒に絵本等も描く予定だが、また私が足を引っぱるかもしれない。

この本のタイトルは、健康食品みたいな感じにしようと思い、土屋先生と私の名前を合わせて作ってみた。「ツチケンモモコラーゲンでいいでしょうか」と私が尋ねると土屋先生は「ああ、いいですね。ボクにはとても、そんな変なタイトルは思いつかないから、考えてもらえてよかったです」と答えた。

土屋先生は、他にもいっぱい考えることがあるんだから、変なことは私にまかせてくれればいい。きっと、少し経ってから「…ツチケンモモコラーゲンなんて、やっぱりどうかしているんじゃないか?」と思ったりしているに違いないが、もう手遅れだ。

ツチケンモモコラーゲンを、読んでいただいてありがとうございました!!

巻末お楽しみ

Q & A

＊

——先日、久しぶりに会ったときの感想を教えてください。

全くあいかわらずで、うれしかったです。すごく楽しかったし。

国民的人気作家なのに偉ぶったところがなく、あまりに腰が低いことにあらためて驚きました。仲居さんが料理を運んでくるたびに非常に恐縮して、いちいち謝り（お礼を言っているように見えない）、帰り際に店の人から「お身体に気をつけてがんばってくださいね」とやさしいことばをかけられて（一行の中ではわたしが一番弱いのに、身体に気をつけろとは言われなかった）、何度も頭を下げて一生懸命謝っていました。まるで悪いことをしたか、やましいところがあるとしか思えませんでした。話は相変わらず面白くて、笑い通しでした。

——お互いの長所と短所を冷静に指摘してみましょう。

土屋先生の長所は、忍耐強いし、頭がいいし、仕方ない事もとりあえずやるし、スリムだし、面白いし、いっぱい長所がありますね。短所は、弱くて負けやすいところ、考えすぎなところ。でも、それも土屋先生のいいところでもあると思います。

さくらさんの長所は、形式や規則にこだわらないところ。また上品ぶったり、もったいぶったりしないところ。自分の弱点を平気でさらすところ。謙虚で他人に気を遣うところ。短所は、何でも理屈で正当化するところ。気の進まないことをできるだけ避けようとするところ。

——どんなときに、「自分て結構いいヤツ」と思いますか? また、「ダメなやつ」と思いますか?

人の失敗を責めないところ。ダメなところは調子にのって喋《しゃべ》りすぎるところ。あと、つまらない事に耐えられず、できるかぎり回避しようとするところ。

いいヤツだと思うのは、イヤなことでも責任を果たそうとするとき。ダメだと思うのは、責任を果たそうとして結局、果たせないとき。

——前世があるとしたら、お互い何だったと思いますか?

自分の事はわかりませんが、土屋先生はきっと前世でも何かの先生だったんじゃないでしょうか。

さくらさんは、何も悪いことをしていないのに、だれにでも「すみません」と謝るくせがあります。だからきっと前世で人々に迷惑をかけていた

に違いありません。このことから、さくらさんの前世は、スギ花粉だったと推定されます。わたしの前世ですが、すぐに「すみません」と謝るくせがあり、それに加えてまわりの人間から色々な被害を受けています。きっと前世では、他の人を押しのけてわたし一人がいい目をみたに違いありません。このことから、わたしの前世はシンデレラだったと推定されます。

――人生において、いちばん最初の記憶はなんですか？

2歳半の時、お父さんが交通事故で入院したとき、お父さんもお母さんも家にいなくなって、寂しかった事。

近所の年上の女の子と遊んでいて、初めて自分のことを「ぼく」と言えたこと（それまでは自分のことを「けんちゃん」としか呼べなかった）。

――あなたがいちばん恐れていることは何ですか？

大切な人を失うこと。

ボケたり寝たきりになってなかなか死なず、他人に迷惑をかけること。

——恋に落ちると、あなたはどういう状態になりますか？

寝返りが多くなってると思います。

恋をすると正常に判断できなくなります。そもそも、正常な判断力があったら恋に落ちません。考えてみると、生まれてこのかた正常に判断できためしがないから、きっとずっと恋をしていたのだと思います。

——コレをされたら（こういうことがあると）結婚したくなっちゃうかも、というくらい異性にされると弱いことはありますか？

何か単純な事で、異性にボーッとするような年齢ではなくなりました。

理解の積み重ねで好きになってゆく感じですね。でも、好きなタイプかどうかというのは、まずあるとは思います。

「あなたの欠点も含めて何もかも好き」（勘違いしているに決まっている）とか「あなたがいないと生きていけない」（嘘《うそ》に決まっている）と言われること。

——今の相手と結婚した決め手は何ですか？　また、さくらさんと土屋先生が結婚したら、どんなケッコン生活になると思いますか？

今の相手は脱力感のあるところ。土屋先生と結婚したら、私がしっかりしなきゃならないと思い、けっこう面倒くさそうですね。

弁当を作ってくれたこと。母がまったく家事をしなかったので、「この世にこんなやさしい女がいるのは奇跡だ。きっと天使だ」と思いました

（弁当を作ったのは彼女のお母さんだったことを後で知りました）。もしもさくらさんと結婚したら、結局、毎日いろいろと指図されたり説教されると思います。

――自宅にいるときに大地震が起きたら、何を持ち出しますか？

子供と宝石を抱えて逃げます。

通帳をもって逃げようと思うのですが、通帳の置き場所が分かりません。だから、もって逃げるなら原稿などを打ち込んであるパソコン。でも、ふだんから落ち着きがない性分なので、いざ地震となったらあわてて、パソコンのつもりで枕をもって逃げそうな気がします。

――今、お財布に何が入っていますか？　また財布以外で出かけるときに持っていくものを教えてください。

財布には現金（だいたい5万円ぐらい）とカード。財布以外にはタバコ。

現金（いざというときのため）、クレジットカード（いざというときのため）、各種診察券（いざというときのため）、レンタルビデオの会員証（いざというときでないときのため）。

――いちばん最近、読んだ本は何ですか？　また、座右の書、というか何度も読み返す本はありますか？

ゲームの攻略本です。

『イラストの描き方』。自分の本にイラストを描くため。座右の書はとくにありません。

――今までにしたくてたまらなかったのに、できなかったことはなんですか？

オーロラ見物。でも寒そうだから、別にしなくてもいいです。

天使のような女と出会うこと（しかし運がありませんでした）。リヴィエラの別荘で昼寝を楽しむこと（しかし金がありませんでした）。困るほど女にちやほやされること（しかし女に見る目がありませんでした）。

――自分が今、いちばんホッとする場所、状況を詳しく教えてください。

深夜の自分の部屋。日中は息子が入ってきたり犬がほえたりしてホッとしませんが、深夜はホッとします。仕事がたてこんでいて、今ちょっとちらかってますが…。

適当に混んでいる喫茶店。客がいっぱいでも少なすぎても落ち着けません。また、知り合いがいても、汚い店でも高級すぎても落ち着かず、騒がしすぎても静かすぎても落ち着きません。コワイ客も騒ぐ子どももおらず、店員が無愛想でも愛想よすぎもしないような喫茶店。

――小さい頃、大人になるってことはどんなことだと思っていましたか？　また、今はどんなことだと思っていますか？

面倒臭い事が多そうだと思っていました。働かないといけないんだな…とか。実際、面倒臭い事も多いですし、働かなきゃならないけど、子供のころより自由だし、意外といいもんです。

子どものころは、大人になると好きな服を着て好きなものを食べ、自由に金を使えて、学校に行かなくてもよくなり、身体が大きくなり、好きな職業を選ぶことができ、理想の女と結ばれると思っていました。実際に大人になってみると、好きな服を着ればセンスが悪いと非難され、妻の料理しか食べられず、金は自由に使えず、いまだに学校に行っています。身体は思ったほど大きくならず、職業もプロレスラーになれず、ヘンな女につかまりました。結局、大人になるとは、子どものころの夢が甘かったことに気づくことだと思います。

――小学校4年生の自分にあてて手紙を書くことになりました。何と書きますか?

これからいろんな事があるけど、どうにかなるからがんばろう!!

お前は世の中が楽しいものだと思っているだろうが（当時、わたしはクラスの人気者だった）、やがて周りには自分に意地悪をする者ばかりになる。だから、だれにでも心を許してはいけない。哲学を研究しても深みのある人間にはならないから、哲学研究者にはならないように。それから楽器に挑戦してはいけない。絶対マスターできないから。女は不幸のもとだから気をつけろ。

――こんなことをしてみたい、と現在興味を持っているものは何ですか?

そういうチャレンジ精神が無いんですよね。なりゆきで面白い事を思いついたらやるっていうかんじなので。

ジャズピアノに上達すること。人間関係を改善することはあきらめてい

ます。ピアノもあきらめかけています。

——これがないと生きていけない、というものを3つあげてください。

3つじゃとても足りません。死んじゃう。

(空気、食べ物、水を除けば)笑い。自由。不思議だと思う心。

——宇宙に行って人類にメッセージを送ることになりました。なんと言いますか?

みんな、私の本を買って下さい。

みんな自分で思っているほど賢くもエラくもないからね。それからもっと土屋を大事にするように。

——**おまけ●土屋先生からさくらさんへの質問**

ちびまる子ちゃんもさくらさんも、屁《へ》理《り》屈《くつ》を駆使してまわりの人を丸め

こんで、怠惰な生活を続けようとしますが、こういう生き方は、ファンの子どもたちに悪影響を与えないのでしょうか。この子どもたちが将来さくらさんのような大人になってしまうのではないか、心配です。

私がどんなにまじめに仕事をし、善良な大人か、土屋先生、よく御存知でしょ。

――さいごに●土屋先生からさくらさんへのメッセージ

いつもご心配いただき、ありがとうございます。心配していただいているのですが、不遇なままです。励ましていただいているうちに、さくらさんの高度なユーモアの技術に気づきました。わたしのまわりは、悪口を言ってわたしを笑いものにする人間ばかりですが、さくらさんは違います。わたしを持ち上げてホメながら笑いものにするのです。実に高度な技術です。これからも高度な技術でわたしを笑わせて下さい。

巻末お楽しみ付録

怪獣事典

*

この怪獣事典は、本文とは全く関係がありません。では、どうしてこんなのがあるのかと申しますと、この本のタイトルが『ツチケンモモコラーゲン』という、少し怪獣の名前っぽいイメージなので、それにちなんで怪獣のイラストでも入れましょうという事になったのです。ここに出ている怪獣は、全てオリジナルの怪獣です。オリジナルというと、何かとても素晴らしい感じがしますが、適当に描いたものともいえます。怪獣の名前も、適当（オリジナル）です。

カーサジオラ・パ・ミズラ　地中海上空を飛行し、時折高い声を発する。雑食性だが、主にリンゴやオレンジ等の果物を好む。オスのほうがやや体が小さい。

ペガリウス　古代、ローマかギリシアの上空にいたといわれている伝説の生物。口から火を吹いたともいわれているが、その点は不明。

レミノドン　ユーラシア大陸の山岳地帯に住み、小動物を食べている。ヘビ型の尾でエサになる小動物を捕え、毒でマヒさせて食べる。ヤギ型の背中部分では草食も可能。

ゲベス・ヤーザン　乾燥地帯の高原に住み、木の芽や大型の昆虫を食べている。年に１回子供を産み１週間育てる。

デオーマパピロス　ヨーロッパ方面の深い森の中で小動物を捕えて食べている。寿命が長く、200～500年は生きるといわれているが、詳細は不明。

ソーマギンベン　体長15センチでカエルのような姿をしているが、顔は人間に似ている。主に熱帯の森の中に住み、コケやキノコを食べて生きている。鼻がとても利く。

ゴラピリオス　高い山の岩場に住み、ヤギや羊等の動物を襲う。翼はあるがあまり飛べず、冬の間は岩場の穴の中で冬眠をする。年に２回、卵を２〜３個産むが、ほとんど無精卵で子供が生まれることは非常に少ない。

ソーマギンベン（亜）　ソーマギンベンの亜種。攻撃体勢をとっている姿。ジャンプ力は亜種の方がやや上。

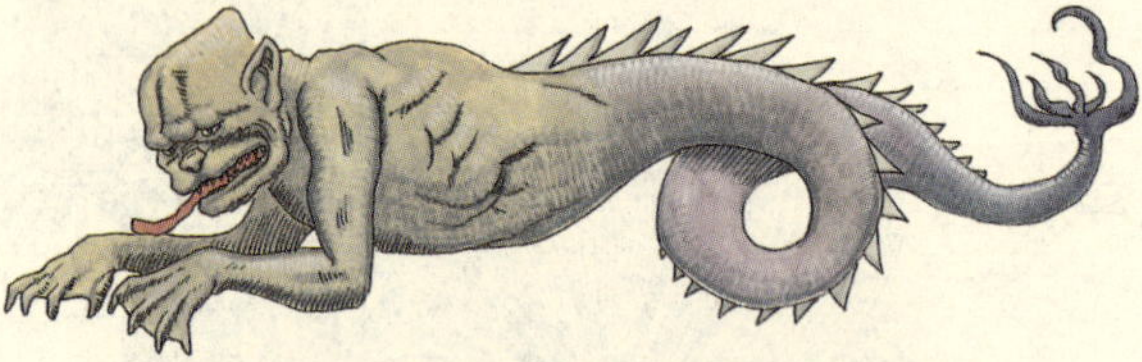

ボギョルーザ　ジャングルの奥地の沼などに住み、泥の中の水虫生物を食べている。繁殖についてはまだ不明。

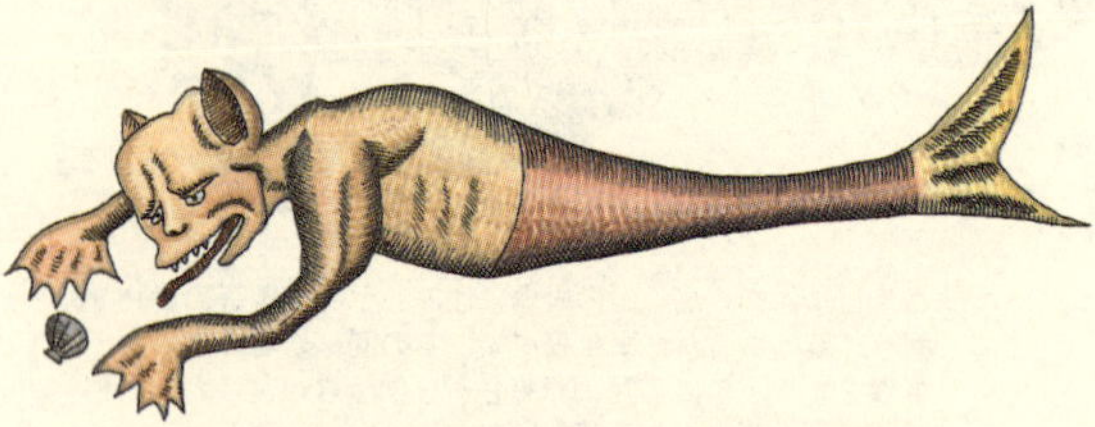

ジョンベエ　ボギョルーザと原種は同じと分析されているが、こちらは海水に住み、貝類を好んで食べる。2500年程前までは、人魚伝説のもとになっていたといわれている。

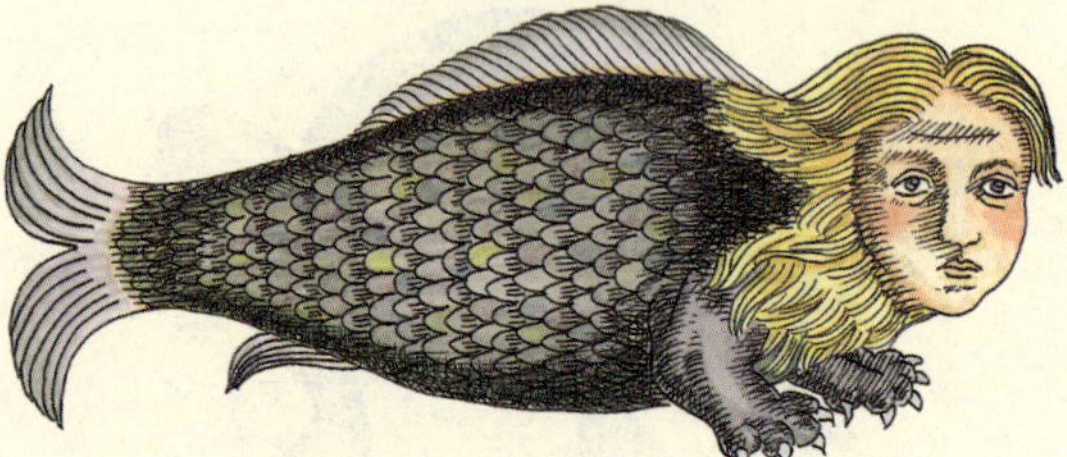

パムロ・モルロス　顔が人間に似ていることから、人々に親しまれている。言葉も教えれば覚え、あいさつぐらいはするようになる。雑食性。

ブリギニョーサ　太平洋に広く分布している。肉食性で性格は凶暴。マグロの群れ等をチームを組んで襲う。

ジュバリガンス　冷たい海水を好み、オキアミ等を食べている。性格はおとなしく、普段はゆっくり泳いでいるが、時々暴れることもある。

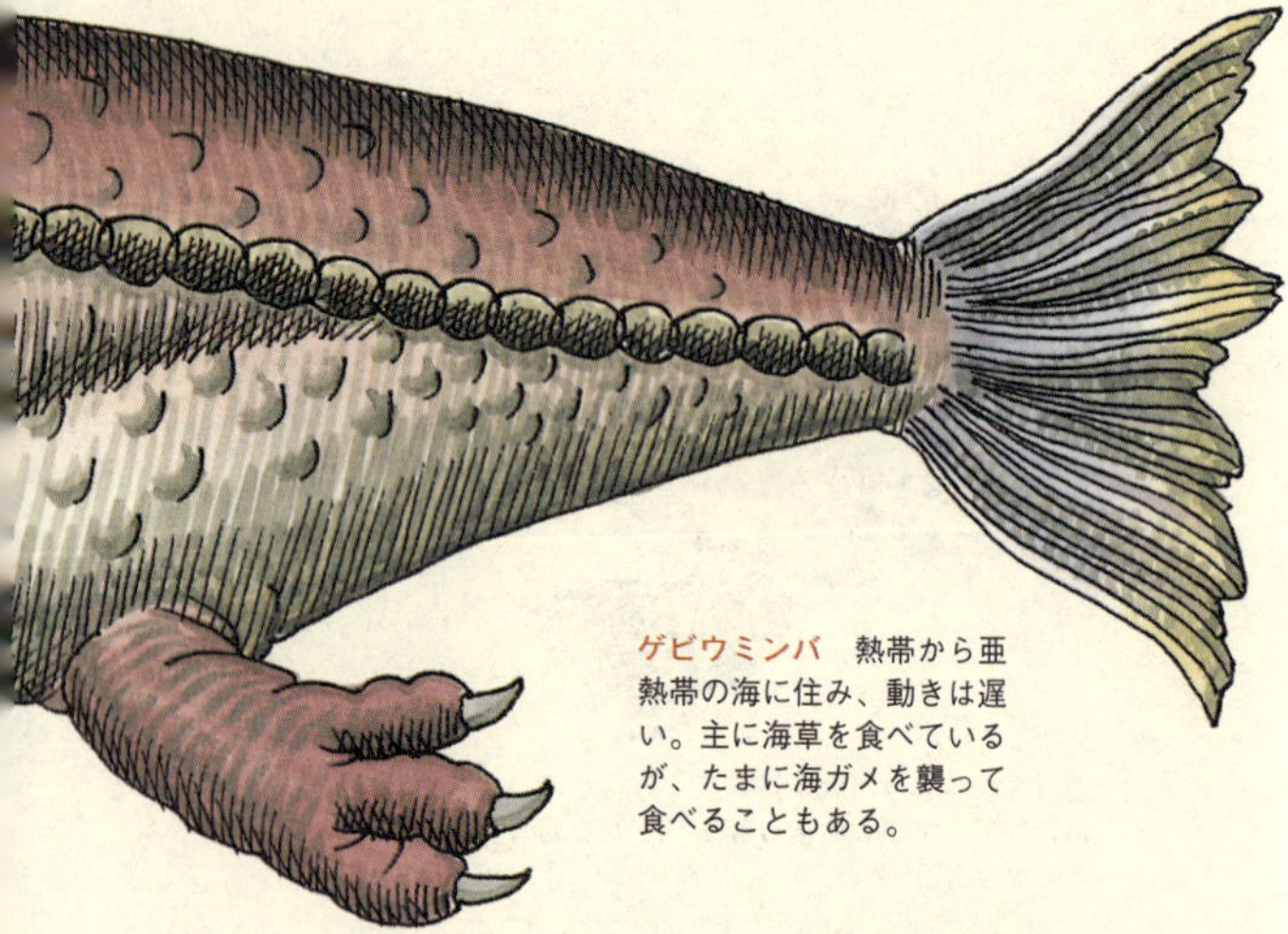

ゲビウミンバ　熱帯から亜熱帯の海に住み、動きは遅い。主に海草を食べているが、たまに海ガメを襲って食べることもある。

ミブトコロ　アンコウに近い種類の魚。アワビ等の貝を食べる。動きが速いが持続力はない。1回の産卵で約10000〜15000個の卵を産む。

カラカラバイロン　亜熱帯地方の川の中流の深い所に住み、カエル等を食べる肉食の魚。夜行性で夜になるとカラカラという鳴き声を出す。

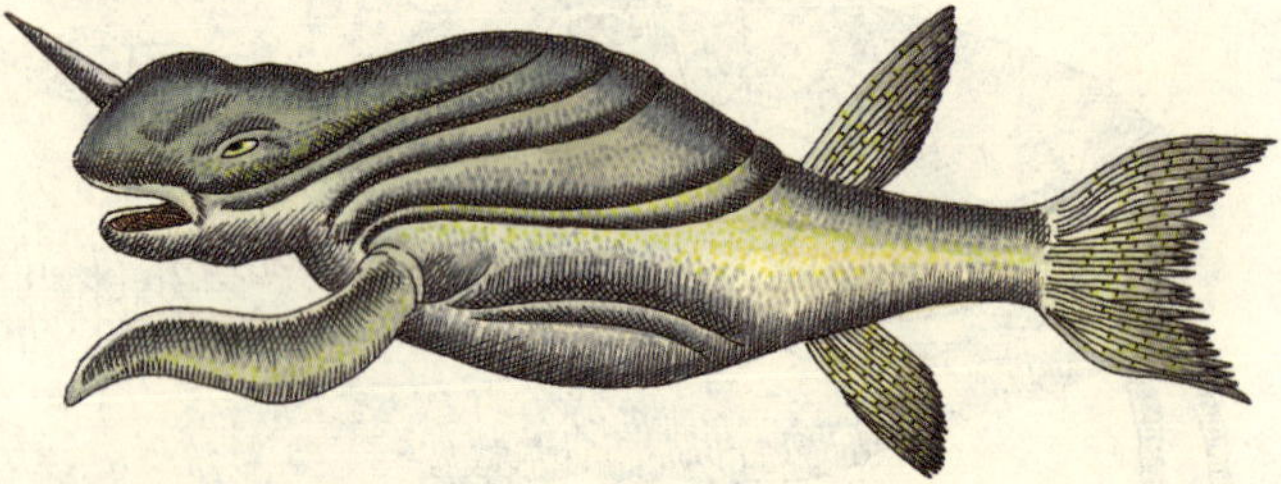

ヨザットン　世界各地の海に住み、海草類を食べている。オスは繁殖期になると変色し、特有のにおいを出す。

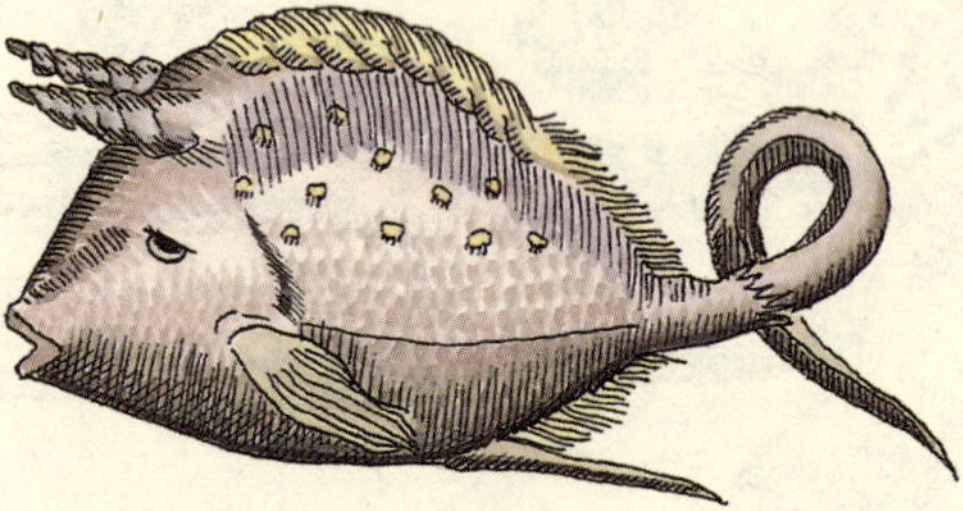

グーラリス　世界各地の深海に住み、プランクトン等を食べている。発光性。尾の一部から電気を発する。

アナグレラシ　南大西洋の深い海中に住む。小魚を捕って食べている。ウロコが非常に硬い。

ドドラカミュラン　深海魚の一種。全長 7.5 メートル。詳しい生態はほとんどわかっていないが、最近になってメスは繁殖期になると頭部が赤くなることが判明した。

この作品は二〇〇一年一〇月、集英社より書きおろしとして刊行されました。ただし、
「さくらももこ効果」は週刊文春二〇〇一年一月四日・一一日号に、
「神様仏様さくら様」は週刊文春二〇〇一年一月一八日号に、
「チョモランマより高い」は、週刊文春二〇〇一年三月二二日号にも掲載されました。

集英社文庫 さくらももこ作品リスト

あのころ

「まる子」だったあのころをふりかえる、懐かしさいっぱいの爆笑シリーズ第一弾。（巻末Q&A収録）

まる子だった

テーマは十八番の「子供時代」。お気楽で濃密な爆笑世界へようこそ！（巻末対談・糸井重里）

ももこのいきもの図鑑

大好きな生き物たちとの思い出をやさしく鋭く愉快につづるショートエッセイ集。カラーイラスト満載。

Momoko's Illustrated Book of Living Things

「ももこのいきもの図鑑」英語版が登場！ 英語が得意な人も苦手な人も、楽しく読めることうけあい。

もものかんづめ

水虫に悩める乙女を救った奇跡の治療法ほか、笑いのツボ満載の初エッセイ集。(巻末対談・土屋賢二)

さるのこしかけ

インド珍道中の思い出など、〝読んで悔いなし〟の爆笑エッセイシリーズ第二弾。(巻末対談・周防正行)

たいのおかしら

歯医者での極楽幻想体験から父ヒロシの半生まで、爆笑エッセイ三部作完結編。(巻末対談・三谷幸喜)

のほほん絵日記

トホホな事件や小さな幸せがつまったカラフルな毎日をつづる、桃印絵日記。書き下ろし作品も大充実。

まるむし帳

やわらかな絵とあたたかな言葉が織りなすハーモニー。著者初の詩画集。(巻末対談・谷川俊太郎)

文庫コミックス

ちびまる子ちゃん

おかしさ満点。大人気のまるちゃんがついに文庫サイズで登場！　いつでもお手元にどうぞ。

ほのぼの劇場

悲喜こもごもの思い出いっぱい。笑えてほんのり温かい、傑作エッセイマンガ短編集。

書店にない場合は注文してください。
1〜2週間で届きます。

集英社文庫

ツチケンモモコラーゲン

2005年8月25日　第1刷

定価はカバーに表示してあります。

著者　さくらももこ
土《つち》屋《や》賢《けん》二《じ》

発行者　谷山尚義

発行所　株式会社　集英社
東京都千代田区一ツ橋2—5—10
〒101-8050
電話　03（3230）6095（編集）
03（3230）6393（販売）
03（3230）6080（制作）

印刷　凸版印刷株式会社
製本　凸版印刷株式会社

本書の一部あるいは全部を無断で複写複製することは、法律で認められた場合を除き、著作権の侵害となります。

造本には十分注意しておりますが、乱丁・落丁（本のページ順序の間違いや抜け落ち）の場合はお取り替え致します。購入された書店名を明記して小社制作部宛にお送り下さい。送料は小社負担でお取り替え致します。但し、古書店で購入したものについてはお取り替え出来ません。

© MOMOKO SAKURA／K. TSUCHIYA　2005　Printed in Japan

ISBN4-08-747848-3 C0195